U0905749

最美文

陈晓辉　一路开花 / 编著

善念相伴　花开似海

图书在版编目（CIP）数据

善念相伴　花开似海 / 陈晓辉，一路开花编著 .
—北京：中央编译出版社，2017.1
ISBN 978-7-5117-3168-5

Ⅰ . ①善…　Ⅱ . ①陈…　②一…　Ⅲ . ①随笔 – 作品集
– 中国 – 当代　Ⅳ . ① I267.1

中国版本图书馆 CIP 数据核字（2016）第 260089 号

善念相伴　花开似海

出 版 人　葛海彦
出版统筹　贾宇琰
责任编辑　邓永标　舒　心
责任印制　尹　珺
出版发行　中央编译出版社
地　　址　北京市西城区车公庄大街乙 5 号鸿儒大厦 B 座（100044）
电　　话　（010）52612345（总编室）　　（010）52612371（编辑室）
（010）52612316（发行部）　　（010）52612317（网络销售）
（010）52612346（馆配部）　　（010）55626985（读者服务部）
传　　真　（010）66515838
经　　销　全国新华书店
印　　刷　北京凯达印务有限公司
开　　本　710 毫米 ×1000 毫米　1/16
字　　数　206 千字
印　　张　14
版　　次　2017 年 1 月第 1 版第 1 次印刷
定　　价　29.00 元

网　　址：www. cctphome. com　　**邮　　箱：**cctp@cctphome.com
新浪微博：@ 中央编译出版社　　**微　　信：**中央编译出版社（ID：cctphome）
淘宝店铺：中央编译出版社直销店（http: // shop108367160. taobao. com）(010) 52612349

本社常年法律顾问：北京市吴栾赵阎律师事务所律师　闫军　梁勤
凡有印装质量问题，本社负责调换。电话：(010) 55626985

最美文

目录

CONTENTS

第一辑　最好的感恩是传递温暖

第二辑　爱是世界通用的语言

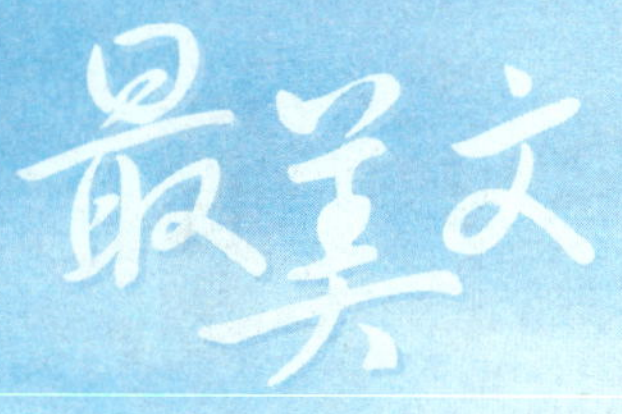

第三辑 温情相“拌”滋味长

第四辑 神奇的预言

第五辑 感恩是让心灵之美回到原地

第六辑 爱心孕育智慧花

最美文

第七辑 为别人的黑夜留一盏灯

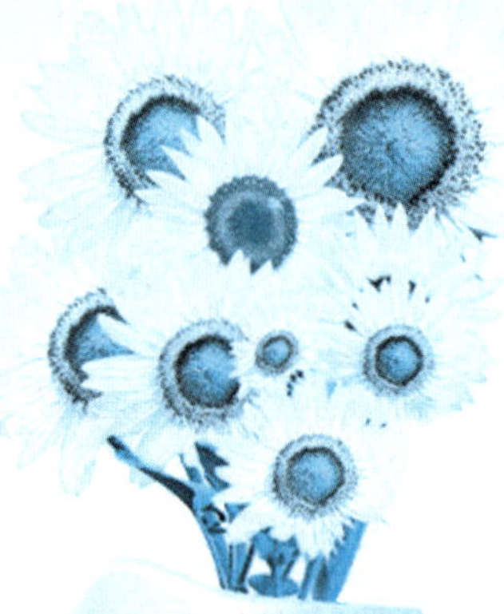

第一辑

最好的感恩是传递温暖

麦考利说得真好，“感恩节是致谢的日子”。但他做得更好，最好的感恩方式，就是发扬爱心，传递温暖。

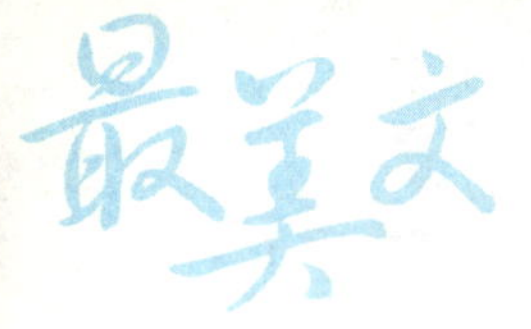

花的话

文 / 宗璞

奉献乃生活的真正意义。

——阿德勒

春天来了，几阵清风，数番微雨，洗去了冬日的沉重。大地透出了嫩绿的颜色，花儿们也陆续开放了。若按照严格的花时来说，它们可能彼此见不着面，但是在既非真实，也非虚妄的园中，它们聚集在一起了。

不同的红，不同的黄，以及洁白，浅紫，颜色绚丽；繁复新巧的，纤薄单弱的，式样各出新裁。各色各式的花朵在园中铺展开一片锦绣。

花儿们带着新奇的心情望着周围的一切，慢慢地舒展着花瓣，从一个个小小的红苞开成一朵朵鲜丽的花。她们彼此学习着怎样斜倚在枝头，怎样颤动着花蕊，怎样散发出各种各样清雅的、浓郁的、幽甜的芳香，给世界更添几分优美。

开着开着，花儿们看惯了春天的世界，觉得也不过是如此，渐渐地都觉得自己十分重要，自己正是这美好世界中最美好的。

一个夜晚，明月初上，月光清幽，缓缓流进花丛深处。花儿们呼吸着夜晚的清新空气，都想谈谈心里话。榆叶梅是个急性子，她首先开口道:“春天的花园里，就数我最惹人注意了。你们听人们说过吗？远望着，我简直像朵朵红云，飘在花园的背景上。”

大家一听，她竟然把别人当成了背景，都有点发愣。玫瑰花听她这么不谦虚很生气，马上提醒她："你虽然开得茂盛，也不过是个极普通的品种，要取得突出的位置，还得出身名门。玫瑰是珍贵的品种，这是人所共知的。"

她说着，骄傲地昂起头。真的，她那鲜红的、密密层层的花瓣，组成一朵朵异常娇艳的不太大也不太小的花，真叫人忍不住想去摸一摸，嗅一嗅。

"要说出身名门，还得是我们芍药。"芍药端庄地颔首微笑。当然，大家都知道芍药自古有花相之名，其高贵自不必说，不过这种门第观念，花儿们也都知道是过时了。

不知谁轻轻嘟囔了一句："还讲什么门第，这是十八世纪的话题。"

"花要开得好，还要开得早！"已经将残的桃花把话题转了开去，"我是冒着春寒开花的，在这北方的没有梅花的花园里，我开得最早，是带头的。可是那些耍笔杆儿的，光赞美松啊，竹啊，说他们怎样坚贞怎样高洁，就没人看到我这种突出的品质吗？"

"我开花也很早，不过比你稍后几天，我的花色也很美呀！"说话的是杏花。

迎春花连忙插话道："论美丽，实在没法子比。有人喜欢这个，有人喜欢那个，难说，难说。倒是从用途来讲，整个花园里，只有我和芍药姐姐能做药材，治病养人。"

她得意地摆动着柔长的枝条，一长串的小黄花都在微笑。

玫瑰花略侧一侧她那娇红的脸，轻轻笑道："你知道玫瑰油的贵重吧？玫瑰花瓣儿，用途也很多呢。"

白丁香正在半开，满树如同洒了微霜。她是不大爱说话的，这时也被这番谈话吸引了，慢慢地说："花么，当然要比美，依我看，颜色态度，既清雅而又高贵，谁都比不上玉兰，她贵而不俗，雅而不酸，这样白，这样

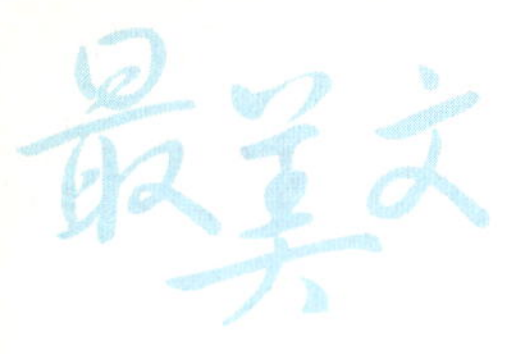

美——”丁香慢吞吞地想着适当的措词，微风一过，摇动着她的小花，散发出一阵阵幽香。

盛开的玉兰也矜持地开口了。她的花朵大，显得十分凝重；颜色白，显得十分清丽，又从高处向下说话，自然而然便有一种屈尊纡贵的神气。“丁香花真像许多小小的银星，她也许不是最美的花，但她一定是最迷人的花。”

她的口气是这样有把握，大家一时都想不出话来说。

忽然间，花园的角门开了，一个小男孩飞跑了进来。

他没有看那月光下的万紫千红，却一直跑到松树背后的一个不受人注意的墙角，在那如茵的绿草中间采摘着野生的二月兰。

那些浅紫色的二月兰，是那样矮小，那样默默无闻。

她们从没有想到自己有什么特殊招人喜爱的地方，只是默默地尽自己微薄的力量，给世界添加点滴的欢乐。

小男孩预备把这一束小花插在墨水瓶里，送给他敬爱的、终日辛勤劳碌的老师，老师一定会从那充满着幻想的颜色里看出他的心意的。

月儿行到中天，花园里始终没有谁再开始说话，花儿们沉默着，不知怎么，都有点不好意思。

（原载《家庭文化》2014年第4期）

点燃蜡烛照亮他人者，也不会给自己带来黑暗。与其在嘴上卖弄学识，鼓吹自己如何伟大，倒不如脚踏实地地去甘心奉献，这才真正会被人们所尊重。

5元胜过300万

文/朱国勇

帮助他人的同时也帮助了自己。

——罗夫·瓦尔多·爱默森

1916年，英国人发明了坦克。同年，9月15日，英国首批六十辆坦克投入了索姆河战役，立即就显示了强大的战斗力。从此，坦克被誉为“陆战之王”。

1926年初，奉系张作霖耗资300万银元，从法国人手中购入了六辆坦克。看着威风凛凛的坦克，张作霖得意不已。他觉得，统一中国的时候到了。也难怪张作霖得意，当时的中国军队使用的都是落后的步枪，跟坦克根本无法抗衡。

1926年8月，张作霖挥师南下，直逼北平。

驻守北平的，是冯玉祥的国民军，双方军队在居庸关一带拉开了阵势，战势一触即发。

冯玉祥忧心忡忡。8月4日，他乘车从北平赶往前线指挥部——南口镇。

然而，刚到南口镇东街头，就发生了一个小插曲。两个衣衫褴褛的黑瘦中年汉子，泣不成声地拦住了冯玉祥的汽车。卫兵轻喊了一声“大帅小心！”便举起了枪。冯玉祥拦住了卫兵，这两位不像刺客。几十年的风雨历

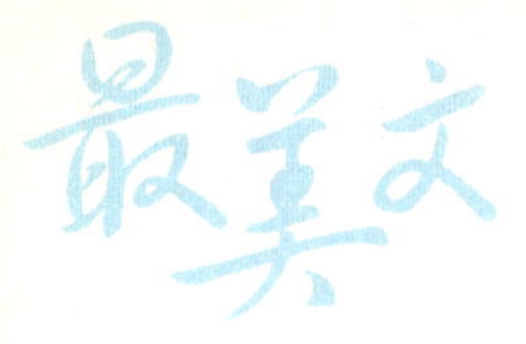

练，冯玉祥对自己的直觉很自信。

汽车还没停稳，那两个中年汉子就“扑通”一声跪下了，哽咽地嚷着：“长官啊，行行好吧！我女儿就快病死了，给两块大洋救命啊！”原来，这是一对兄弟，姓陈，是当地有名的猎户。陈老大终身未娶，陈老二的老婆去年生病去世了，留下一个女孩儿，十五岁，兄弟俩当命根子一样宠着。

跨步下了汽车，冯玉祥的心中蓦然充满了一种悲悯。狼烟四起，到处都是难民啊。什么时候老百姓才能过上安宁幸福的生活呢？

在路旁一座低矮黑暗的民房内，冯玉祥看到了那个生病昏迷的女孩子。挺好的一个女孩儿，穿着紫红的破棉袄，娟秀的五官，正发着高烧，脸蛋红彤彤的。

冯玉祥轻轻放下五块银元：“快给孩子找医生吧，不能再耽搁了。”

两个中处汉子又“扑通”一声又跪了下来：“长官啊，您留个姓名吧，来生我们做牛做马也要报答您！”

冯玉祥转身走了，这种凄楚的场面，看得久了，他担心自己的眼泪会流下来。

卫兵拉起了陈家兄弟，说：“这位是国民军的冯玉祥大帅。”

冯玉祥的汽车开出了老远，陈老二还在喃喃自语：“孩子她娘，我们遇贵人了。孩子有救了！是冯大帅，冯玉祥大帅……”

冯玉祥到了指挥部后，还是放心不下，那个女孩红彤彤的面庞始终在他眼前闪现。他吩咐卫兵带着军医，去给小女孩看病。

8月7日，战斗打响了，张作霖坦克的威力一下子就显露了出来。登山渡水，如履平地，而且枪炮不惧。尽管冯玉祥做了周密部署，国民军依然节节败退，损失惨重。短短三天，国民军就战死4000多人，丢失了建平、赤峰等广大地区。

8月11日，张作霖发起了总攻，他要一举拿下居庸关。

张作霖指挥六辆坦克，排成一个方阵，发起了冲锋。大批士兵如蚂蚁一般，密密麻麻地跟在坦克身后。冯玉祥的国民军凭借山势险要，苦苦支撑，死战不退。

临近中午，一辆坦克冲到了国民军的阵地前，坦克上的机枪肆虐地喷吐着火舌。国民军的士兵一个接一个地倒下了。眼看阵地就要丢失，正在这危急时刻，山石后面突然跳出来一个人，是陈老大，只见他敏捷地跃下山石，几步跃到坦克侧翼，那是坦克火力的盲点。

陈老大举起猎枪，“砰”的一声响，猎枪中的散弹四散溅出。有不少散弹窜进了坦克的瞭望孔。紧接着，那坦克摇头摆尾地乱窜了几步，就窝在那里不动了。

见这情景，冯玉祥的国民军爆发了一阵欢呼。这时，陈老二也从山石后面跳了出来，只见他手中抱着五六管猎枪。他一边把猎枪分发给士兵，一边说：“坦克的瞭望孔小，只有猎枪的散弹可以对付……”

接下来，战事发生了戏剧性的变化。张作霖的坦克肆无忌惮地冲在前面，把掩护坦克的士兵远远抛在身后。坦克只要一冲上来，陈老大、陈老二他们就蹿到坦克的火力盲点上，用猎枪朝着瞭望孔向坦克内部射击。

不大一会儿工夫，张作霖的六辆坦克，就报销了四辆。余下两辆一见情况不妙，掉头就跑。张作霖的军队兵败如山倒，冯玉祥的国民军乘胜追击，缴获大量军备，抓住许多战俘，取得了空前胜利。

就这样，张作霖耗资三百万银元的六辆坦克，被几杆猎枪击败了。仅仅因为，冯玉祥救了一位少女，付出五块大洋。

战后，冯玉祥要嘉奖陈氏兄弟，却被陈家兄弟拒绝了：“大帅，您是我陈家的大恩人啊！我们兄弟就是拼了这两老命，也值！哪能要奖赏？”

冯玉祥感慨不已，他没想到，自己一时无心的善举，竟然挽救了整个国民军，甚至可以说是改变了中国历史的走势。若是没有这几管猎枪，他真不敢想象，借着坦克，张作霖的东北军会不会一举打下北平，接着席卷全国。

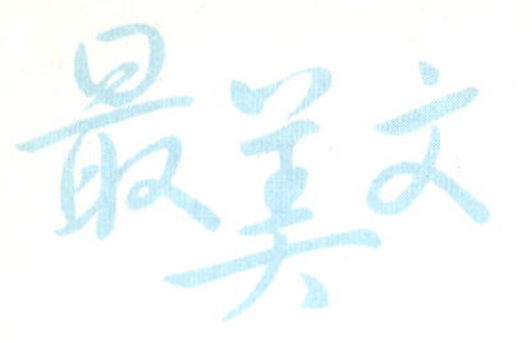

在日记里，冯玉祥用八个字对这件事进行了总结：“岂惟人力，亦是天意！”

这就是号称“陆战之王”的坦克在中国大地上的第一次亮相，它居然如此灰头灰脸地败在了几管猎枪之下。

群雄逐鹿，得民心者得天下。一个心中有善的人，轻易，是不会败的！

（原载《情感读本》（道德篇）2012 年第 1 期）

我们给别人施与的爱，不知道会在什么时候派上用场。当然，我们施与别人爱，也不是为了让别人报答自己。可是好人总是会有好报的。

热心肠的“葛朗台”

文/龙岩阿泰

人遇误解休怨恨，物过严冬即回春。

——《格言集锦》

孙坚小气，他口袋捂得紧，想让他请次客，那简直是做梦，大家都在背后叫他“葛朗台”。

孙坚不请别人，也拒绝别人请他，在班上，没什么人缘。就连送生日礼物，孙坚也是坚持自己动手，写幅字画，或是制作张卡片，哪像我们，就算勒紧裤腰带，也要省下早餐钱，为同学送上一份像样的礼物。

“孙坚实在是吝啬，我的生日，他居然就送我一张他自己的照片，难不成他是什么大明星？真是比‘葛朗台’还小气。”在班上和孙坚关系最好的余力都这样评价他后，“葛朗台”就成了孙坚的代号。

“‘葛朗台’这次被骗了，如果他知道真相，该多伤心，那可是一个星期的零花钱呀。”早上一进教室，余力就跑过来找我。

“什么事呀？孙坚被谁骗了？”我好奇地问余力。

“我上学时又在车站附近看见那对抱孩子的夫妻了，还说什么寻亲不遇，工作没找到，全是骗人的。”余力说。

我记起几天前放学回家的路上，我们遇见了一对夫妻。他们当时一脸憔悴，风尘仆仆，背着大大的行囊，那女的手里还抱着一个嗷嗷待哺的孩子。

他们拦住我们时，我吓了一跳。听父母说过很多骗子的故事，见到陌生人拦下我们，我本能地就想赶紧离开。可是孙坚没走，我和余力只好一起留下来。

我警觉地望着那对夫妻，隔开两三步的距离，只有孙坚傻乎乎地靠他们很近。那对夫妻说他们从外地来，寻亲不遇，找工作又没着落，钱也被小偷偷走了……现在孩子很饿，求我们帮孩子买瓶牛奶。

我望了眼恹恹欲睡、无精打采的孩子，心里疑惑：孩子是他们的吗?

“走吧，骗人的！真有困难找警察去，我们是学生，帮不上忙。”余力直截了当地拒绝他们的请求，推起我和孙坚要走。

“求求你们，行行好，孩子真的饿了。”那女子耷拉着眼皮。

在那节骨眼上，孩子突然“哇哇”大哭起来。

我有点自责，如果我平时省着点花，是可以帮孩子买瓶牛奶的。我把目光转向余力，他无奈地耸耸肩，对我露出爱莫能助的表情。

“我有一百元钱，都给你们吧。孩子饿了，你们先帮孩子弄点吃的。”孙坚在我和余力诧异的目光中，很爽快地把钱递给那女人。

余力想拦，但没拦住。

“谢谢你！我们只要筹够回家的车费，就会回老家去。”夫妻俩一个劲地感谢。

“孙坚，你也太大方了吧?”余力愤懑地说。我知道，他还耿耿于怀生日礼物的事。

走远后，余力仍在喋喋不休地嘀咕，说孙坚不够意思……

“这孙坚平时那么小气，被人骗时倒是大方，一整张呀，可以买多少冰淇淋，他全给了，拦都拦不住！”在我陷入回忆时，余力还在讲得口沫横飞，完了又深深叹口气，一脸恨铁不成钢的惋惜表情。

“那对夫妻没回家吗？那孩子呢？他们不是说筹够车票钱就回去?”我

急切地问。

余力还来不及回答，孙坚就进教室了，见他进来，我和余力同时闭嘴。

见我们神情古怪，孙坚忙追问我们在聊什么。

“没聊什么呀。”我敷衍他。

“不对吧？我一进来，你们就不说了，是不是说我坏话呀？”孙坚笑着问。

“就是说你，怎么了？说你笨，说你被那对夫妻骗了，还以为自己是大善人。”余力愤愤地说，一句话也不藏着。

孙坚马上明白我们说的事，他不假思索地说：“他们不可能骗人的。”

“信不信由你，放学后，我们一起去看看，你就知道了。”余力说。

一放学，余力就拉着孙坚和我去了车站。

“或许他们真有困难吧。”路上，孙坚还在替那对夫妻解释。

“就你博爱，被人骗了还不承认。”余力忍不住挖苦孙坚。

走到车站附近，远远的，那对一脸风尘的夫妻正拦着两个老奶奶声泪俱下地诉说。

“看看，他们又在骗钱了。”余力一脸愤然。

“或许他们的路费还不够吧。”孙坚说。

“葛朗台，到这时，你还不相信？”余力愤怒了。

“我只希望他们能对那孩子好一点，我想帮的，是那孩子。”孙坚说。他的脸上呈现出一种让人捉摸不透的表情，黯然的，带着忧伤。

孙坚没有跑去质问那对夫妻，而是报了警。他说：“让警察去处理吧，如果他们真有困难，警察比我们有办法，如果他们真骗人，警察会处罚他们的。”

孙坚拉着我和余力离开时，我无意中注意到他的眼眶濡湿了。

在我的追问下，孙坚说了一件让我和余力都非常震惊的事。

原来孙坚有个哥哥，两岁多时被人抱走了，他的父母变卖家产找了几年，一直没有结果，后来在亲人的劝说下，才又生下孙坚。

“我只希望，别人能对哥哥好。我不知道，在陌生的人群中，会不会有一个人，就是我失散多年的哥哥……”孙坚说。

突然想起，孙坚经常到孤儿院去做义工。我跟他去过几次，每次他都会给那里的小朋友带去礼物。孙坚说，那是一群被遗忘的天使，我们不帮他们，谁帮呢？

原来，吝啬的“葛朗台”却是个热心肠。

（原载《第二课堂》（初中版）2014 年第 4 期）

我们总是误解别人，只因为别人与众不同，觉得他跟自己格格不入，可是最后总是以惭愧收场。

给别人爱的清凉

文 / 段奇清

人当活在真理和自我奉献里。

——庞陀彼丹

人总在努力释放心灵的空间。比如说，人是需要自我解嘲的，在特定的情况下，说一些诙谐的话，让尴尬退回去，让自信从容多起来。其实，有些打趣自己的话语并非是自我解嘲。

那是儿时一个夏天，母亲的脸上被马蜂蜇出了一个包。人们笑话母亲，说她天天躲在家里好吃好喝，愣是让自己长胖了。母亲却笑呵呵地打趣自己道：“我这是让这张脸长出一个手掌能拿它捧水呢！”母亲这样说只因为刚刚发生过一件事。

那是一次在野外劳动，由于天气太热，劳动地点又不透风，有一位我叫她“黄婶”的人中了暑。母亲见状赶紧从溪沟中用手捧了一些水，要去喂给黄婶喝。

刚走到一片树林时，忽然钻出两只马蜂来，母亲本来可以将手握成拳头，去对付那些马蜂的。可母亲愣是不管不顾，只捧着那水急急地向黄婶跑去。马蜂有一个习性，人越是跑，它越是追着人蜇，母亲头上也就被蜇出了一个红红的大包。

只要你的手心充满关爱地展开，那水就停留在手心，你就能给人爱的

清凉、生命的甘泉。要是你握成拳头，那关爱的水就会从每一条指缝间流洒出去——母亲的话就是这样的一种意思，她并非在自我解嘲。而生活中像这种不是解嘲的事时时会遇到。

那是十多年前的事了。一天，我正打算到大路上去，可我又折了回来，只因刚好有一个熟人在大路上走过来。原来那天我要捉住被一只野猫咬伤了腿的小麻雀，可麻雀扑棱棱飞进了我屋后不远处的树林中。

我跟着追进树林，一下子撞上了好几张蛛网，一张脸顿时成了拔丝地瓜，或者说纵横交错的乡村地图。我退回来是为了不让那位熟人看到我那副“鬼画符”的脸。

哪知，当我退到林中，要从另外一条路回家去为小麻雀敷药，刚一露头时，有一个人却叫了我的名字。看着那位熟人嬉笑的脸，未待他开口，我便指着自己的脸，打趣自己道：“我做了一次打劫者呢！”在朋友愣在那儿抓耳挠腮时，我匆匆回了家。

我也并非是在自我解嘲，因为我一点也没有怨恨那蛛网的意思，我确实做了一次“打劫者”。我知道蛛网既是蜘蛛的谋生工具，也是它们赖以安生的家。我闯入它们的领地“缴”了它们的械，它们今天势必要饿肚子了；我毁了它们的房子，它们只能选择重新开始庞大、精密却令它们劳累的工作。

也说那只麻雀，每天有那么多的时间活跃在我家的阳台上，可我并不怪罪它们屙屎有时屙脏了我的阳台，而是只想着它们在我那居住的小区里筑起一个巢来是多么的不容易，而且还要受到天敌的偷袭和侵害。

所以，当你遇到一件事时，不要抱怨别人打扰你的生活，不要怨恨别人影响了你的情绪，要多为对方考虑。如马蜂蜇你，是因你刚好把它好不容易筑起的新房的基础破坏掉了；又比如中午时分，有叫卖声扰了你的清梦，可人家正有老人等着他挣一些钱去瞧病。让你不快的一件事，也许他们与你比起来，所受到的伤害、所遭遇的损失不知多了多少。

一个人是无法改变爱的本质的，一定要让心灵多一些与人为善的空间。爱是付出而不是期盼，爱是问询而不是强求，爱是既站在自己的角度，也更多地站在他人的立场为别人着想。如此，你自己也能有更多快乐与幸福的空间。

（原载《语文报》2015年第31期）

爱是奉献，爱是理解，爱是站在别人的角度考虑问题。爱不是占有，更不是强人所难。

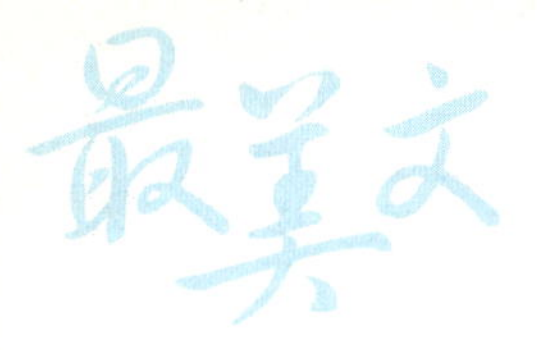

塞班岛的救赎

文/李良旭

生命在他里头，这生命就是人的光。光照在黑暗里，黑暗却不接受光。

——《圣经》

塞班岛是位于太平洋和菲律宾海之间的一个小岛，得天独厚的地理环境，使得塞班岛就像是镶嵌在蔚蓝色海洋上的一颗明珠，水天一色，熠熠生辉。这里有晶莹剔透的海水，银白色的沙滩和色彩斑斓的珊瑚礁。塞班岛，被誉为“旅游者的天堂。”

塞班岛纽卡约大街有一家超市，每天来这家超市购物的主要是来这里旅游的外国游客和当地的居民。超市里除了生活日用品，还有就是当地出产的旅游纪念品，生意十分兴隆。

一天，住在这家超市不远地方的12岁小姑娘珍妮来到这家超市。珍妮是一个非常美丽、可爱的小姑娘，金黄色的头发，像瀑布似的披散开来，一双琥珀色的眼睛，像蓝色的海洋清澈透明。在学校里，珍妮还是学校文艺团的小演员，她常常在舞台上表演精彩的节目，同学们都喜欢看她的表演，称她是“塞班岛的花蝴蝶。”

可是，珍妮家经济条件不太好，她生活在一个单亲家庭里，母亲是塞班岛的一名导游，每天带着游客往返于塞班岛与吉利奥岛之间，常常不能回家。珍妮一个人还要带着一个7岁的小妹妹。小小年纪，她就很懂事，为了减轻妈妈的负担，她会做很多事了，像个大人似的。

学校开学了，珍妮又要表演节目了。她很想买一只口琴，那口琴，能吹出动听的音乐，班上的黛丝就有好几只这样的口琴，每次学校表演文艺节目，她都会登台拿出几只不同的口琴，吹起美妙的歌曲。那歌曲像百灵鸟一样动听、婉转。她想，如果自己也有一只那样的口琴，也一定能吹奏出美妙的音乐，她一定就是一只真正的“塞班岛的花蝴蝶”了。

这口琴在纽卡约大街超市里就有卖的，她已经看过很多次了，只要15美元。可是，令她难过的是，在她眼里，这支口琴太贵了，她根本舍不得买。她常常带着妹妹到超市里玩，总是喜欢走到摆放那口琴的地方，她将口琴拿在手里，轻轻摩挲着，眼睛里流露出深深的渴望与希冀。

妹妹看见了，天真地说道：“姐姐，你要是喜欢就买一只吧！”

珍妮用手轻轻抚摸着妹妹柔软的秀发，摇了摇头，将口琴又放到货架上。妹妹抬起头，忽然看到姐姐眼睛里不知为什么有一丝闪闪发亮的泪花。

有一次，珍妮看到一个和她一般大的女孩子，看到这只口琴，欢喜不已。她母亲看到女儿喜欢，就毫不犹豫地给女儿买了一只。望着她们母女俩离开的背影，珍妮站在那儿，一动不动，久久凝视着，她咬了咬嘴唇，大脑好像在激烈地思考着什么。

这天晚饭后，珍妮让妹妹在家待上一会儿，她出去一会儿就回来。看着珍妮急匆匆的背影，妹妹喊了一声：“姐姐快点回来啊，你还要教我唱歌呢！”

珍妮一个人来到超市，她径直走到摆放口琴的地方。她将口琴拿在手里，她感到自己的心脏跳得很快，手心里还有细细的汗渍。她四下看了

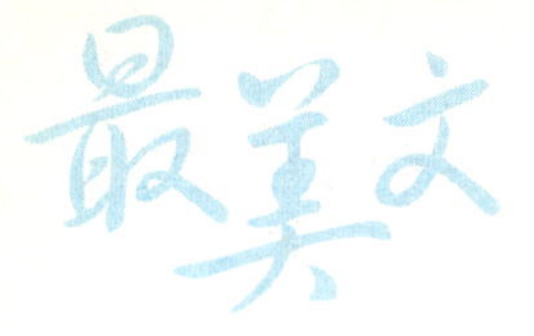

看，发现今晚顾客很多，熙熙攘攘，人们都在专心致志地选购商品。

珍妮将口琴紧紧地拿在手心里，她感到紧张的心都要跳出来，这个念头在心里想了很长时间了，当终于要付诸行动时，她还是感到紧张得要命。她四下看了看，发现人们都在选购商品，没有人注意到她，她心里好受了些。她将手中的口琴慢慢地塞进口袋里，向超市出口处走去。

近了、近了，她已经看到超市门外的椰子树了，听到了海浪拍打沙滩发出的沙沙声响。只要再跨出几步，那支口琴就属于自己了。珍妮心脏简直要跳出嗓子了，她迈步刚跨越门口，门口的报警器突然响了。

那突如其来的警报器声响，引起许多顾客注意，人们纷纷向珍妮这边看来。珍妮大脑一片空白，她的腿僵硬了，再也迈不开步子了。

这时，一个女营业员走了过来，她对珍妮说道："小姑娘，你看下口袋里是不是装了什么东西没有付款？"

珍妮下意识地从口袋里掏出了那支口琴。营业员见了，脸一下子变得严肃起来，她严厉地说道："按照超市规定，拿了东西不付款，要按十倍的比例罚款。"

珍妮痛苦地将眼睛闭上，心里在默默念叨，我该怎么办？

许多顾客也围绕上来，有的人在指指点点，有的人在窃窃私语……那一刻，珍妮感到时间凝固了，自己的心都碎了。

就在这时，只听到一个深沉的声音在威严地训斥道："玛丽亚小姐，你说话怎么这么没有礼貌，这是我的孙女，她跟我说了，她要来买一支口琴，我对她说了，这支口琴钱由我来付。"

"什么？卡拉奇先生，这是您的孙女，真的对不起？"

珍妮睁眼一看，只见是一位头发花白，面目慈祥的老人，他正在训斥女营业员刚才的粗暴和无礼。女营业员见了这位老人，窘迫极了，她连连赔着不是。

老人走到珍妮面前，将她掌心上的那支口琴握紧，笑眯眯地说道：“孩子，刚才都怪我，我把这事给忘了，如果我先把这 15 美元付了，就不会弄出这个笑话了。好啦，没事了，快回去吧！”老人说罢，轻轻地抚摸着珍妮的头，将她转过身，送她出了门。

一阵海风吹来，珍妮感到眼睛湿漉漉的，她勇敢地抬起头，轻轻地对老人说道：“卡拉奇先生，我会还你 15 美元的！”

老人笑呵呵地目送着珍妮走去，惊险一幕总算过去了，可珍妮心中一直忐忑不安，她想，那位老人是谁呢？他为什么要帮我？他将我从地狱一下子拉到了天堂。

过了几天，珍妮怀里揣着 15 美元，又来到超市。她想找到那个叫卡拉奇的老人，她要将 15 美元还给他。可是，来了好多次，也没有见到那个老人。一天，珍妮看到超市门口有一个慈善箱，慈善箱上有一行字：这个世界上，总有一些人生活得不如意，献上一份善意，会给生活在底层的人，带来一份希望和勇气。

珍妮久久地回味着这句话，心里荡漾起一缕暖融融的感觉。她走到慈善箱前，将手中的 15 美元，郑重地投了进去……

一晃，又一晃，珍妮长大了。她从音乐学院毕业后，成了一名口琴演奏员，她常常向人们吹奏起那只口琴。声音悠扬、婉转，在人们心里久久回荡着……同时，她还是一名热爱慈善事业的公益员。

她在向人们宣传慈善事业时，常常讲起自己小时候的一个故事。她说，是那个叫卡拉奇的老人，教会了我一个人应该有爱心。卡拉奇老人不仅救赎了一个孩子的心灵，也使那个孩子走出了阴影，像千千万万个孩子一样，健康成长起来。塞班岛，永远是人间天堂。

这个塞班岛救赎的故事，传遍了塞班岛的每一个乡村渔港。如果你来到塞班岛旅游，纯朴、热情的塞班岛人，一定会给你讲起那个塞班岛救赎

的故事，这个故事，在人们心里荡起绵绵不绝的回味和感动。

是的，有一种救赎，润物无声，但它却在人们的心田里，燃烧起永不熄灭的火焰，照亮了每一个人的心灵。

（原载《少年心世界》2013 年第 11 期）

这个故事是温暖的，在一个人开始犯错的时候，用无声的爱去化解，这无异于给孩子上了最宝贵的一课。她一定会学会怎么去做一个光明的人。

克莱德曼对“龟”弹琴

文 / 佟才录

大自然永远不会欺骗我们，欺骗我们的往往是我们自己。

——Rousseau

加拉帕戈斯象龟是世界上最珍稀的生物物种之一，它们一般能活 150 多岁，但由于受到人类活动的威胁，加拉帕戈斯象龟这一物种正处于濒临灭绝的境地。

在英国伦敦国家动物园，有一只名叫德克的雄性加拉帕戈斯象龟。它今年已经 70 岁了，但由于对异性缺乏“性趣”，所以至今还没有“娶妻生子”，这可急坏了伦敦动物园的动物专家和工作人员。

因此，象龟德克的交配与繁衍后代问题，就成了动物园工作的重中之重。动物专家和工作人员们为此事，既焦急万分又头痛不已。

动物园的动物专家和工作人员曾经想了很多种办法：他们精心为象龟德克在国内挑选了两个异性伴侣，后来又为德克从保加利亚“引进”一只 13 岁的外国“小妞”——雌性象龟多利。

工作人员把德克和多利放在一起，期望它们朝夕相处、日久生情，能成为伴侣，并进行交配和繁衍后代。可是一年多时间过去了，象龟德克对年轻貌美的多利睬都不睬。这可怎么办呢？眼看象龟的最佳交配期就要过

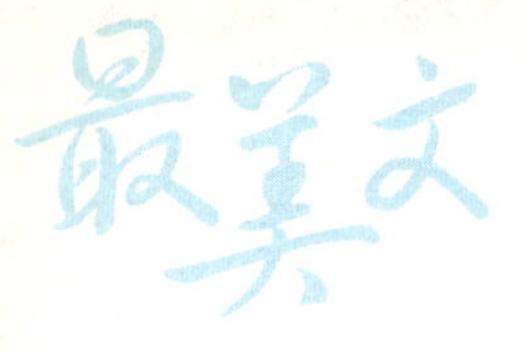

去了，如果今年交配不上，那就只有等待明年了。

一天，负责德克和多利交配繁衍的华人动物专家李希刚来动物园巡视观察德克和多利的“恋爱”情况，当时饲养员正一边给两只象龟喂食，一边听着随身听，随身听里正播放着法国著名钢琴家理查德·克莱德曼的钢琴曲《水边的阿狄丽娜》。

李希刚惊奇地发现，德克和多利听得如醉如痴，并慢慢向一起靠拢，耳鬓厮磨起来。李希刚欣喜若狂，他想，在中国早就有“对牛弹琴”的说法，而且很多中国奶农通过给奶牛听欢快的音乐，来促进奶牛产奶，收到很好的效果。于是，李希刚兴奋地去找园长，把他的这一发现告诉了园长，并提出给象龟听浪漫钢琴曲促进象龟“恋爱”。

园长和其他工作人员都感到可笑和不可思议，但因为实在想不出更好的办法，只好“死马当做活马医”，就试一试。于是，每天，李希刚都播放一些钢琴曲给德克和多利听。李希刚发现，当播放浪漫的钢琴曲时，两只象龟就会彼此靠近，相依相偎在一起听音乐，而且它们尤其喜欢克莱德曼的浪漫钢琴曲。

动物园给象龟播放钢琴曲听的事，被伦敦媒体记者捕捉到，他们赶到动物园进行了细致的采访，并在英国最大的报纸《世界新闻报》的头版大篇幅刊出，世界各国的各大媒体也纷纷进行转载。

一天，法国著名钢琴家理查德·克莱德曼晨起浏览报纸，无意中看到了这则有趣的新闻报道，他看后马上决定为象龟德克单独举办一场钢琴音乐会。现年 59 岁的克莱德曼，不仅是一个世界顶级的钢琴家，同时也是一名动物保护爱心人士。在随后的一天，克莱德曼在与伦敦动物园取得沟通后，便起身飞往英国伦敦。

2013 年 2 月 7 日，闻名全球的“钢琴王子”理查德·克莱德曼，在伦敦动物园内专门为德克和多利举办了一场特殊的私人音乐会。克莱德曼深情地演奏了他的著名钢琴曲《水边的阿狄丽娜》，钢琴曲一响起，浪漫的音乐就弥漫了整个伦敦动物园上空，而加拉帕戈斯象龟德克和多利也听得如醉如痴，十分入神。

一曲终了，克莱德曼抹了一把额头的汗珠，随后又为德克和多利演奏了《西区故事》和《罗密欧与朱丽叶》等浪漫的钢琴曲目。动物园的专家和工作人员惊喜地发现，随着曼妙的音乐声响起，德克慢慢向多利靠近，最后相依相偎，一派浓情蜜意。最后，德克终于爬上了多利的脊背，在优美的钢琴曲的律动下，愉悦地完成了交配。

接受采访时，钢琴王子克莱德曼说：他希望通过自己的音乐，为加拉帕戈斯象龟的交配营造浪漫温馨的气氛，使它们顺利交配并繁衍后代。同时也意在向世人传播保护动物的理念，号召世界人民共同携起手来，永远保护我们的地球物种。

为一只象龟举办钢琴音乐会，不仅体现出了人类对动物的深切关爱，更展现了一幅人与动物和谐相处的美好温馨的画面。

（原载《知识窗》2013 年第 4 期）

如果人和动物能够像朋友一样相处，如果我们对待它们能够多点人文关怀，那世界就和谐了。

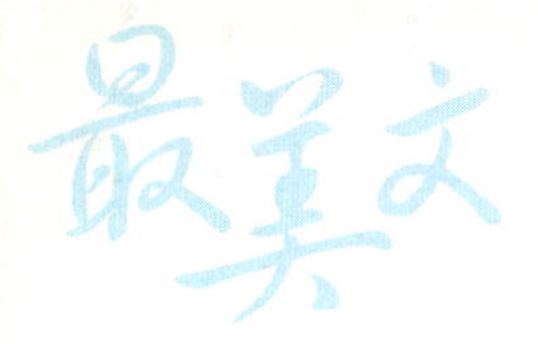

幸好有它

文 / 周月霞

慈善是心灵的，而不是手的美德。

——阿狄生

传达室新来了个门卫李大爷，他算是个彩票专家，老人有很多关于彩票的秘籍，什么双色球的规律、刮刮彩的秘密，据说老人还经常中奖，具体数额老人总是微笑不语。我们几个翻斗车的司机只要一闲下来，就凑到老人的小屋缠着老人讲彩票经。

有一天，跟我同车的小张一上班，就拽着我一头扎进老人的小屋，兴高采烈地对李大爷说："大爷，大爷，您的分析真对，您瞧，我三天前买的三色球中了奖，下了班我就去兑奖，回头请您吃饭！"我就起哄小张一定得去阳光新城的一家海鲜馆，还说让小张给李大爷买几瓶好酒。李大爷却笑嘻嘻地说："不要酒不要酒，彩票就是个运气，愿好运常伴你，支持福利体彩！"

我都打着车了，小张才磨蹭着走出李大爷的屋子。我问，你咋那么慢？又跟李大爷取经了吧？小张说，没有，我怕把彩票弄丢了，就让李大爷保管，下了班再去兑奖。我眨巴眨巴眼睛，笑说，你就不怕李大爷偷偷去兑奖呀？小张脸色一变，随即马上笑了，说，怎么会啊。

转眼，下班时间到了，我收拾驾驶室里的东西，却早就不见了小张，我知道那家伙肯定跑去李大爷那儿了。

还没等我跳下驾驶室，就见小张脸色煞白地跑了过来，急促、小声地说：李大爷，不在传达室！

啊？我惊叫了一声，说，会不会真的跑了？拿着你的彩票……打手机啊？小张一屁股坐到了地上，灰着脸说：我刚打电话问了，我那个奖是三千啊！

报警吧！我掏出了手机。

小张直摇头，别啊，没准老人是出去办事听不见呢！我打他手机了，没人接。等等吧，再说，就为了这点钱报警，至于吗？

我想了想也是，看着小张沮丧的样子，就陪着他一起坐在传达室门口的台阶上等。

等啊等啊，夏天的天长，晚上七点才见太阳落山。我跟小张轮番打着李大爷的手机，一直是无人接听。

眼看着月亮都爬上来了，我拽拽小张的衣袖，说，走吧，回家吧。我们俩耷拉着脑袋往厂区外面走，忽然，小张的手机响了。

喂，我们是第一医院，你是张卫国吗？

对对对，我是张卫国，请问你有啥事吗？

我们这儿有个出了车祸的老人，叫李成林的，一醒过来就让我给你打电话！他说，有很重要的东西交给你！你快来医院吧……

我和小张你瞅瞅我，我瞅瞅你，大张着嘴巴，愣了好半天。

等我们赶到医院的时候，李大爷半躺在雪白的病床上已经睁开眼睛冲着我们微笑了。

原来，李大爷出门办事，怕小张的彩票丢失，就里三层外三层地包裹好，放在挨着胸口的内衣兜里。结果，过马路的时候不留神，让一个闯红灯的面包车撞了。好在伤势不重，最幸运的是，碎裂的一块汽车玻璃呈尖刀状斜刺在李大爷的左胸部，多亏李大爷左边内衣兜有那个鼓鼓囊囊的装

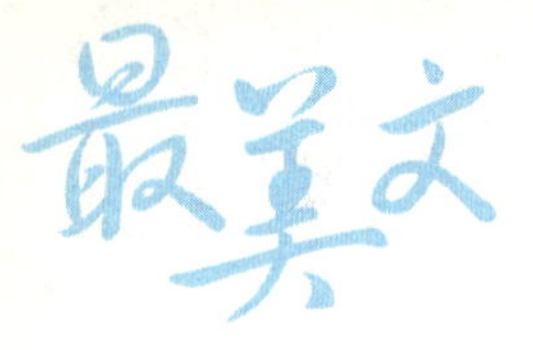

着彩票的硬纸包，才没有被刺进皮肉。

这时候，李大爷的女儿走进来，一边喂李大爷水喝，一边笑眯眯地对我们说，你们还不知道我爸不光是个优秀彩民还是个志愿者吧？他的彩票中奖的钱全都捐献给五保户了，今儿就是去给一个孤寡老人送他三天前中的500元奖金的！

所有人听完李大爷的故事之后，既激动又感动地对老人赞不绝口。

我和小张齐声说："大爷，您这叫好人有好报！"

李大爷却笑眯眯地示意女儿打开那个纸包，有些虚弱地抬起手，指着那张彩票说："嘿嘿，幸好有它啊"！

（原载《语文报》2015年第18期）

读这样的故事，像是沐浴在春风下，感受到的是浓浓的温暖和爱。如果社会上的每一个角落都如这般和谐，那该有多好。

最好的感恩是传递温暖

文 / 徐伟

生活需要一颗感恩的心来创造，一颗感恩的心需要生活来滋养。

——王符

11 月 28 日是美国的感恩节，这一天，家家户户都为感恩节大餐忙碌着。节日的氛围和与家人欢聚的喜悦，令每个人的脸上都洋溢着快乐的笑容。大街上，路人行色匆匆。在人们的印象里，眼神里透着愉悦的，往往则是往家赶的幸福人。而神情落寞，步子沉重，眼神游移漫无目的行走的，是没人等待的孤单人士和无家可归的流浪者。

其实不尽然，在纽约，有一群人，他们是老人、孤儿、癌症患者、乞丐、单身人士以及流浪者，他们此刻正兴冲冲赶往曼哈顿公园附近的教堂。在那里，有丰富的大餐等他们享用。

瞧，感恩节大餐已经摆上了桌，每一份都有火鸡片、土豆泥、色拉菜、南瓜饼、小面包、绿青豆、果汁、奶酪、可乐等。这些，对于平日里饥一顿饱一顿的人来说，是多么丰盛啊！受邀者陆陆续续地到来了，见到餐点，眸子里立刻升腾起一束“小火把”，开心地享用起属于自己的那一份。

都说“天下没有免费的晚餐”，是谁大发善心准备的晚餐呢？这位爱心人士就是被誉为“美国好人”的斯科特·麦考利。他今年 52 岁，做这件好

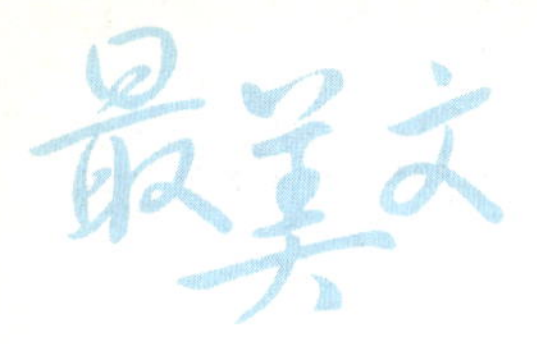

事，已经整整28年。媒体采访时有记者问，是什么动力促使他坚持了这么久？麦考利说：“感恩节是致谢的日子，我是为了答谢我的恩人，为了让生活困顿的人感受到节日的快乐，而不是窝在家里感到绝望或堕落。”

原来，麦考利曾有个幸福的家庭，父母很爱他。然而，在他16岁那年，做生意的父母不慎染上吸毒的恶习，生意也不做了，整日与毒友为伴。两年的时间便败光家财，在一次与毒友抢毒品的混战中丧生。18岁的麦考利，则成了生活无着的孤儿，这让他深受打击，学也不上了，到社会上流浪。

那年感恩节特别冷，走在街上，衣着单薄的麦考利饥寒交迫。他多想吃喷香的火鸡、可口的点心啊！可那是不可能的。绝望中，麦考利想起流浪时一个小偷对他说的话：要想吃香的喝辣的，多长一只手就够了。当时麦考利可不想这么做，可如今顾不上那么多了，他想得到一些钱，买些好吃的填饱肚子。

麦考利开始在熙熙攘攘的人群中物色人选，很快，他找到了下手目标，被他盯上的是位老人。这位老人正从大街拐向小巷，麦考利立刻去盯梢，想等到人少的地方再下手。

小巷很窄，里面基本没什么人，麦考利只要加快步子，从老人身边“挤”过，就可以得手了。可因为是初次吧，他迟迟不敢下手。又走了大概100米，麦考利忽然觉得老人的背影很像他死去的爷爷，他不忍心了，停下步子，呆立着。

正当麦考利踌躇不前时，老人突然回过头对他说：“你好，能帮个忙吗？”麦考利一愣：“什么事？”“是这样的，我夫人去世了，孩子们在外地工作，家里只有我一个人，你能陪我过感恩节吗？”老人说。“好啊！好啊！”麦考利又惊又喜，忙不迭地答应。

那天晚上，麦考利吃了流浪以来最饱的一顿饭，并在父母去世后第一次向外人吐露心声，他感到无比温暖。饭后，老人感谢麦考利陪他过节。

末了，老人说："知道我的孩子们为什么去外地工作吗？因为我……"老人用手做了个偷的动作，痛苦地说："我只是在最无助的时候做了几次，孩子们就不肯原谅我了。偷窃是可耻的行为，哪怕走投无路，也不要做，否则生不如死。"

麦考利惊呆了：老人竟然心知肚明他的企图！但整个席间，只字未提。老人是怕伤到他的自尊心吧？麦考利感动不已，下决心再也不做丢脸的事。

后来，老人通过熟人，帮麦考利介绍了一份工作，他也过上了有尊严的生活。麦考利非常感谢老人，节假日都来看望他，直到5年后，由于身体每况愈下，老人被子女们接走了。

麦考利对老人的帮助念念不忘，老人走后，他想以特别的方式感激他。他想到落魄时自己的绝望，想到老人给予的温暖改写了他的人生。麦考利决定，在万众同乐的感恩节，向缺少温暖的困难人群发放免费餐点，送去节日的快乐。这一做，就是近三十年。

麦考利说得真好，"感恩节是致谢的日子"。但他做得更好，最好的感恩方式，就是发扬爱心，传递温暖。

（原载《儿童大世界》2014年第11期）

一个人最好的动力，就是怀有一颗感恩的心。因为感恩，所以向善，所以才会努力地为自己爱的人去拼命。感恩是一种美好的品德。

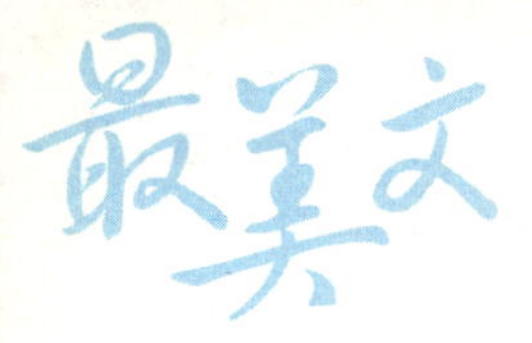

满城尽是黄金柚

文 / 朱向青

春草明年绿，王孙归不归。

——王维

我的老家在素有“世界柚乡、中国柚都”之称的漳州平和，每年四、五月，春天到了，一簇簇洁白的柚子花也开了。

老家人在这时节是面上含笑的，他们一看这些小白花，便觉得有了着落和依靠。走在弯弯的山道，走过密密的柚群，他们由树看到花朵，便不知不觉停住脚步快乐地想：这样的香气，一朵花儿便是一个又酸又甜的柚子，等花儿散尽，明天一个个该挂在树间了吧？今年准保又是一个丰收年！

路上碰上了，不管熟不熟的，嘴角都掩不住笑意，彼此热络地打着招呼：家里栽了几棵树啊？今年的花都开了吧？即便一阵小雨过后，柚树飘飘落下些白色花瓣，花蕾半绽半开静默地躺在了土里，慢慢成泥，多少觉得惋惜，他们也并不特别着急。傍晚收工回家，面上还是宽厚地笑着，心里依旧笃定地想：柚子花年年都是这样的，有风有雨，才有秋后的累累果子……这样慈善的天，还有什么可抱怨的呢？

小孩子呢，可不如大人沉得住气，每天一早，阿旺家的，阿才家的，便揉揉惺忪的眼，你叫上我，我喊上你，跑去看柚子，还是绿绿的，不服气地比比，这一夜间，谁家的柚树长高了，谁家的柚子大点了，不知哪个发现，“呀！阿发，你们家又多出了个小圆圆了！”一阵欢呼，又是一阵慌乱，在大人的吆喝声中偷笑着各自逃散……

这样大人小孩惦记了好几个月，等到秋高时节，秋风落叶，枝头的果子渐渐露出阳光般的色彩，柚子终于长到了大家期待的模样：黄澄澄，沉甸甸，调皮地压弯了树，羞怯地垂下了头！满山遍野，尽是金黄璀璨的柚子，家家户户，老老小小，都出动了，你提着筐，我带着箩，呼朋引伴，相约采摘蜜柚去！

柚香飘飘，更是引来了八方游客争相前来。如今自助采摘已跻身成为平和旅游业的又一张闪亮名片，柚子成熟时节恰逢国庆小长假期间，远离城市喧嚣的人们，兴致勃勃地在柚园里采摘着蜜柚，品尝新鲜的柚味，放松身心的疲惫。

尝尝享有“清廷贡品”盛誉的平和蜜柚，可不简单哪，据说同治皇帝曾爱极而独占，它果大皮薄，肉白如玉。也有红瓤的，均多汁柔软，入口即化，清甜微酸，味隽回甘，不仅是美食果品，还是令人神往的天然保健食品，富含多种维生素，有“天然水果罐头”之称。

清人施鸿葆将之称为“果中侠客”，在《闽杂记》里这样夸道：“闽中诸果，荔枝为美人，福橘为名士，若平和蜜柚则侠客也，香味绝胜”，不信，你随手剥开一个柚子，轻轻地咬上一口，要多爽口就有多爽口！吃着这样的蜜果，你会觉得连生活都是甜的呢！

“柚香两岸，祖地生辉”，从“养在深闺人不识”到走出国门，平和蜜柚演绎了一段扬名中外的传奇。感谢上苍赐给我们这颗佳果，感谢老家人民辛勤培育、呵护传播这颗佳果！

天道酬勤，只要生生不息，生命便永远年轻。生命，美丽地活在大自然的风景里，也即成了一道美丽的风景——满城黄金。

（原载《语文周报》2015 年第 32 期）

生命就如同这满城的柚子一般经久不衰，分享和给予，成就了生命光辉灿烂的一面。

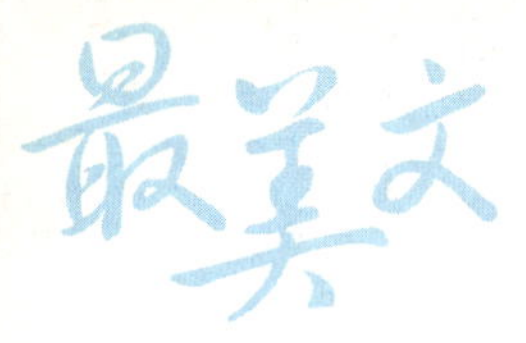

天使翅膀上的痂

文 / 旭旭

有爱慰藉的人，无惧于任何事物，任何人。

——（法）彭沙尔

艾琳娜的妈妈是一名小学音乐教师，她会弹奏许多种乐器，她的琴声，就像潺潺的流水，流淌在同学们的心田里。同学们都说，艾琳娜的妈妈就像是美丽的天使，把我们一个个都变成了美丽的小天使。

艾琳娜为自己有一个天使般的妈妈感到十分幸福。在妈妈的言传身教下，才 8 岁的艾琳娜，就会跳许多舞蹈、会唱许多儿歌、会弹好几种乐器了。她吹奏的萨克斯管《回家》，音域宽广，缠绵悱恻，仿佛把人们带到了天籁般的意境中……

在妈妈的精心呵护下，艾琳娜就像一只快乐的百灵鸟，无忧无虑地生活着。每天清晨，艾琳娜最快乐的事就是帮妈妈梳理一头金色的头发。妈妈的头发很漂亮，像瀑布似的。经过艾琳娜梳理，妈妈的头发显得更加柔媚了，散发出金色的光芒。

艾琳娜常常情不自禁地说道："长大后，我也要长出像妈妈这样秀美的头发，散发出金色的光芒。"妈妈轻轻地搂着艾琳娜，说道："会的，一定会的，我可爱的小天使。"

可是，最近一段时间，妈妈常常皱着眉，显得很痛苦的样子说道："这几天，我的腿不知怎么有点肿，浑身好像没有劲。”

艾琳娜说：“妈妈，您也许太累了，休息一下就好了。”

一天，艾琳娜放学回来，发现妈妈已在家早早地烧好了一桌饭菜。艾琳娜疑惑地问道：“妈妈，您今天怎么回来这么早？”

妈妈走到艾琳娜跟前，用手理了理女儿瀑布似的秀发，笑吟吟地说道：“艾琳娜，妈妈正要跟你商量一件事，我今天到医院检查了一下，医生说我得了乳腺癌。”

艾琳娜惊讶地望着母亲，好一会儿，她才轻轻地说道：“乳腺癌？这病可怕吗？”

妈妈说：“听说很可怕，不过我一点儿也不怕，只不过马上要开始治疗了。治疗后，我恐怕要变丑，等病治好了，我才会像过去一样！”

艾琳娜说：“那我能帮您做点什么吗？”

妈妈拿来一把剪刀，对艾琳娜说：“现在妈妈想请你把我这头头发剪掉，要不然治疗起来不方便。”

艾琳娜接过妈妈递过来的剪刀，用手抚摸着妈妈一头秀丽的头发，轻轻地说道：“妈妈，这头发真要全部剪掉吗？”

妈妈坚定地说：“是的，全部剪掉，一根也不要剩。”

艾琳娜对着头发的根部，咬咬牙，轻轻一剪，一绺秀发就掉落了下来。妈妈的头上，出现了一块可乐瓶口盖大小的空白处。艾琳娜胸口微微一颤，有一丝疼痛。

妈妈似乎觉察到什么，微笑着说：“艾琳娜，不要犹豫，就这样剪下去，将头发全部剪光。等妈妈病好了，就又会长出像过去一模一样的头发了。”

艾琳娜大起胆子来，她“咔嚓、咔嚓——”剪了起来，一会儿，妈妈满头的头发就全剪光了，只剩下一个光秃秃的脑袋。

妈妈用镜子一照，看到自己光秃秃的脑袋，还有艾琳娜噙满泪水的眼

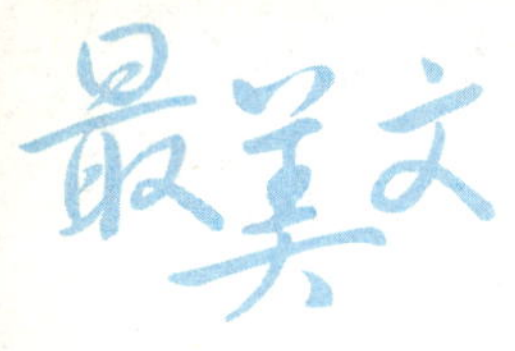

睛。妈妈笑着说："艾琳娜，不要哭，你应该高兴啊，你看妈妈的头发被你剪掉了，还是很美啊！"

艾琳娜被妈妈的一席话逗乐了，终于露出笑脸来。

不久，妈妈开始化疗了。妈妈说："我的头发被剪光了，再也不用担心化疗后掉头发了，许多病友都说我这个方法好，她们也都开始剪头发了。"

艾琳娜摸着妈妈光秃秃的脑袋，轻轻地问："妈妈，化疗痛吗？"

妈妈笑着说："痛啊，不过这是为了治病，这点痛不算什么。等妈妈把翅膀上的痂治好了，妈妈就会像以前一样漂亮了。"

艾琳娜高兴地拍起手，兴奋地说道："妈妈是天使，等天使翅膀上的痂治好后，就又能展翅飞翔了。"

同学们得知艾琳娜的妈妈生病后，都到医院去探望。妈妈看到孩子们来了，把她们一个个搂在怀里，笑着说道："孩子们，你们都要笑，你们都来摸摸老师这光秃秃的脑袋，是不是很有趣啊。"

孩子们听了，一个个伸出小手，抚摸着艾琳娜妈妈光秃秃的脑袋。他们说："老师光秃秃的脑袋有点扎手心，痒酥酥的。"

艾琳娜妈妈笑着说："老师翅膀上结了痂，等把痂治好了，就会像以前一样漂亮了。"

孩子们听了，高兴地拍着小手，欢呼着："老师是天使，天使翅膀上的痂治好后，就又能教我们唱歌、弹琴、跳舞了，就又能展翅飞翔了。"

同学们精心排练了一个舞蹈，舞蹈的名字就叫"天使翅膀上结的痂"，表达了同学们对艾琳娜的妈妈美好的祝福。

在学校举办的晚会上，艾琳娜和同学们表演了这个舞蹈。艾琳娜在舞蹈中扮演一个美丽的小天使，她的翅膀上结了一个痂。这时，又出现了八个小天使，她们聚集在她的身边，她们的翅膀上也都结了一个痂。

她们互相帮助，互相鼓励，然后，她们一起飞过了一座座高山、一条条河流、一处处险滩……她们冲过了许多艰难险阻后，最后飞到了开满鲜花的草坪上……不经意的，她们发现，她们翅膀上的那些痂已经痊愈了，翅膀变得更加美丽、健康。连翅膀上的羽毛，都散发出金色的光芒。

忽然，艾琳娜惊讶地看到，妈妈也在台下看演出。艾琳娜和同学们舞动着美丽的翅膀，向她跑去。

妈妈将艾琳娜和同学们紧紧地搂在怀里，她将头上的帽子摘下来，艾琳娜和同学们惊讶地看到，妈妈的头上，长出了一茬茬新头发，就像刚刚出土的小嫩芽。

妈妈说："医生说了，我翅膀上的痂就要好了，我很快就能像过去一样飞翔。谢谢艾琳娜、谢谢同学们，是你们帮我治愈了翅膀。有痂不可怕，只要有爱心，有信心，就一定能治好翅膀上的痂。"

艾琳娜和同学们幸福地笑了，笑得很美、很灿烂。

（原载《情感读本》（生命篇）2014 年第 3 期）

同学们的友谊，父母的关爱，无疑是我们成长道路上不可或缺的精神养分。因为一路有爱，我们才能这样幸福地成长。

第二辑

爱是世界通用的语言

爱是世界通用的语言。微博里的爱心接力，让我们感受到人与人之间的关爱和温情，不会因为千山万水的阻隔和肤色人种的不同而隔阂和生疏。谁说网络都是虚拟的不真实的？从程薇微博寻父这件事上，我们看到了网络里也有真情，微博里的爱心接力更让人心生感动。

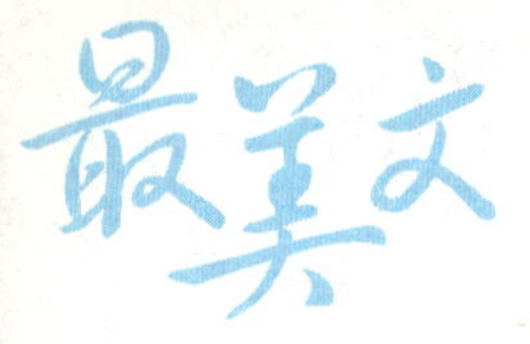

卡什拉 18 号的守望

文 / 木子

爱是恒久的忍耐又有恩慈。

——《圣经》

卡什拉大街位于美国宾夕法尼亚州费城，这条大街上住着许多户人家，邻里之间都很善良、友好，大家过着幸福、平静的生活。

卡什拉 18 号住的主人名叫汉斯，是一名电脑工程师。他有一个儿子，今年 7 岁了，名叫小约翰。小约翰上小学 2 年级，学校离家大概有 20 多分钟的路程。

每天早上，小约翰上学时，汉斯都会像变魔术似的，站在家门口，将自己打扮成一只唐老鸭，或者是米老鼠、超人、蜘蛛侠……他用这种独特的方式，送别儿子去上学。

儿子看到爸爸这种打扮，常常抿嘴一笑，转身向学校走去。看到儿子嘴角露出的那一丝笑容，装扮成卡通动物的父亲便会兴奋得手舞足蹈起来。

下午放学时，汉斯又打扮成憨态可掬的米老鼠站在家门口，迎接着儿子回家。小约翰看到爸爸这样打扮，嘴角又露出一丝笑容，这笑容稍纵即逝。但是，看到这一丝笑容，汉斯更加兴高采烈地手舞足蹈起来。儿子脸上绽放出的那缕笑容，对于汉斯来说，就是天下最美丽的花朵，芳香袭人，令人陶醉。

原来，小约翰是一名自闭症儿童，这种自闭症是天生的。主要表现为不愿与人交流，对任何东西都不感兴趣，喜欢沉浸在一个人的世界里。当小约翰才 3 岁时，汉斯得知儿子得了这种自闭症，一下子惊呆了。他带着小约翰跑遍了美国许多医院，结果都被告知治不好小约翰的这种病症。汉斯感到很痛苦、很无助。

医生无奈地告诉汉斯，任何药物都无法治愈小约翰的病，要治好小约翰的病，只能用爱才能使他渐渐走出孤独、封闭的世界中。在他 10 岁之前，是治愈小约翰的最佳期。

听了医生的话，汉斯的眼前一亮，他仿佛看到那跳动希望的火焰。很快，他挺起了胸膛，目光中闪烁着一种坚强和无畏。他擦去眼角的泪痕，将儿子紧紧地搂在怀里，喃喃地说道，孩子，让我们一起努力，去拥抱这个美丽的世界吧。

从此，汉斯成为小约翰最好的伙伴，他陪约翰玩耍、旅游、说话、看书、讲故事、看电视……尽管他很辛苦、很疲惫，小约翰对外界的反应还是那么迟缓，甚至无动于衷。但是汉斯一点也不气馁，在他眼里，小约翰就是上帝给他送来的最好的礼物，他必须要倍加珍惜和关爱。

小约翰上学了，他别出心裁，每天站在家门口，扮成各种卡通动物形象，迎送小约翰上学、放学。无论刮风下雨、电闪雷鸣，汉斯都会准时站在家门口。他那憨态可掬，惟妙惟肖的滑稽动作，令小约翰从开始熟视无睹，到定眼细看，再到会心一笑，这一点一滴的细微变化，在汉斯眼里就像是巨大的成功，他的心里比吃了蜜还甜。

渐渐的，卡什拉 18 号门口的卡通动物形象，成为卡什拉大街的一景。终于，人们得知这个父亲的一番良苦用心后，都被他的这种深情的父爱深深地感动了。

有一天清晨，当汉斯在门口扮成一只活泼可爱的唐老鸭时，他突然发

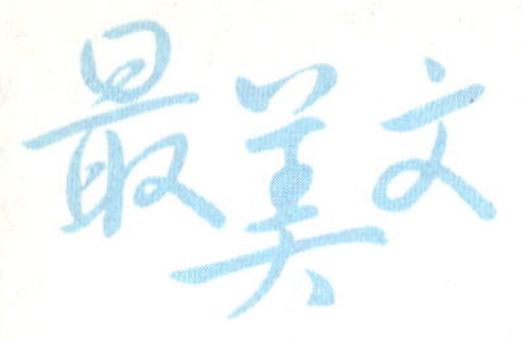

现他旁边多了一只米老鼠，也在那手舞足蹈着。那一刻，汉斯什么都明白了，他走到米老鼠跟前，热情地与他拥抱着，两行热泪夺眶而出。

小约翰出门时，他惊讶地看到了两只卡通动物在那里手舞足蹈，脸上立刻露出惊喜的神色。他走上前去，轻轻拥抱了那只米老鼠，嘴里连连说道，谢谢！谢谢！米老鼠弯下腰，给了他一个吻。他又走到唐老鸭跟前，轻轻地拥抱了那只唐老鸭，嘴里连连说道，谢谢！谢谢！唐老鸭弯下腰，也给了他一个吻。

一直走出很远，小约翰回过头去，发现两只可爱的卡通动物还在不停地又蹦又跳，向他挥手致意。

下午放学回来，在很远的地方，小约翰就看到家门口的那只唐老鸭和米老鼠，不，他发现旁边还有一个超人，他们在那儿又蹦又跳，向他表示欢迎呢。小约翰兴奋地张开双臂向他们飞快地跑来，嘴里还高声地喊道，谢谢！谢谢唐老鸭！谢谢米老鼠！谢谢超人！

渐渐的，小约翰发现，每当他出门或者放学回来，家门口的卡通动物越来越多，这些卡通动物好像是在列队表演，向他传递着绵绵不绝的关爱和友情，他那封闭的心灵一天一天地打开了。

小约翰笑了，笑得很甜蜜、很幸福。有时，他也扮成一只卡通动物，与他们在一起手舞足蹈，载歌载舞。小约翰逐渐变得开朗、乐观起来，变得愿意与人交流，他有了许多小朋友……这一系列变化，令汉斯兴奋不已。

经医生检查后，脸上露出不可思议的表情，他惊讶地告诉汉斯，小约翰的自闭症已基本痊愈了，这简直是奇迹。

医生问汉斯这一奇迹是怎么发生的？

汉斯将约翰紧紧地搂在怀里，眼睛里噙满了泪水。他哽咽地说道，是爱，是爱的守望，让约翰变成了一个健康、正常的孩子。那些可爱的卡通动物的扮演者，都是我的街坊、我的邻里，他们都是约翰最亲的亲人。

卡什拉 18 号，那温暖、甜蜜的一幕每天都在火热地上演着。看到约翰在健康、茁壮地成长，人们心里溢满幸福和甜蜜。这种幸福和甜蜜像一股幸福的暖流，在人们心田里，久久地缠绵着、涟漪着……

（原载《青年博览》2012 年第 14 期）

我们生活在一个充满爱的时代，在我们需要爱的时候，爱就会源源不断地来到。然后我们就学会爱了，在别人需要的时候，我们依然可以奉献自己的爱。

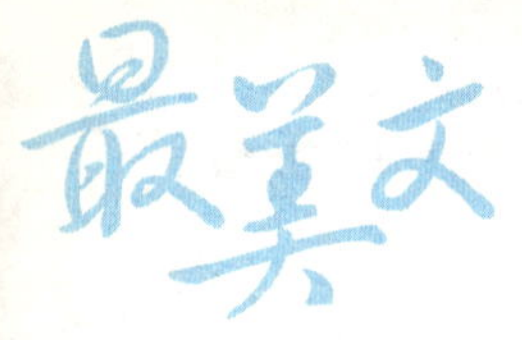

美德在民间

文 / 孙道荣

人不能像走兽那样活着，应该追求知识和美德。

——《神曲》

为了 36 元钱，一个人苦苦找寻另一个人，整整 3 年。

找人的叫老张，是个鞋匠，专门帮人修鞋、擦鞋，在街上摆了个修鞋的小店，已经摆了八九年，一直没挪窝。加上修鞋的手艺又很好，所以生意不错，积累了很多熟客。老张要找的人叫石慧。石慧是附近的住户，也是老张的一个客户。

如果客户预存一笔钱，可以打八折，老张的这个主意，吸引了好多客户，老张有三个厚厚的大本子，清清楚楚登记着每一个客户的存款和每一笔消费记录，从无差错。

其中有个客户，预付款还剩余 36 元，但她已经 3 年没有来过了，鞋匠老张要找的人就是她，他想把钱退还给她，或者请她把剩余的钱消费掉。

可是，除了知道她名叫石慧，住在附近的某个小区之外，老张对她一无所知，也没有她的任何联系方式。老张就只能用最原始的方式，一个个地问。每一个前来擦鞋或者修鞋的客户，他都要问人家一句，你认识石慧这个人吗？久而久之，竟然成了老张的一个习惯。

有人被反复地问，就好奇地反问他，为什么要找这个人？老张就把事情的原委告诉人家。有人劝慰老张，可能是她搬家了，或者有其他原因才不来了，反正就这么点钱，不用找了吧。老张一本正经地说，那可不成，再少，也是人家预存在我这儿的，她若不来消费了，我就要把钱退给人家。

慢慢的，到老张的店铺来修鞋或擦鞋的人，都知道老张在找一个人，那个人叫石慧。

有个客户认识石慧，但客人沉重地告诉老张，两年前，她就已经因病去世了。他也不知道她具体住哪个小区，也没有她的联系方式。

老张很难过，但他不想就此放弃，他想，石慧不在了，那就找到石慧的家人，把剩下来的 36 元退给人家。因此，他依然固执地向每一个来老店修鞋的客人询问，你认识石慧吗？

日子就在老张的这一声声询问中，慢慢流逝。

终于，有个新客户告诉老张，他认识石慧的丈夫。

第二天，石慧的丈夫来到了鞋匠老张的小店内。老张拿出一本厚厚的旧账本，翻到其中的一页，对石慧的丈夫说，她的预存款还剩 36 元，把钱退给你，或者你来修鞋、擦鞋，都可以。

石慧的丈夫却坚决不肯收，他说，就这么点钱，你却一连找了我们 3 年，已经很让我感动了，钱我不能收。

一个坚持退钱，一个坚决不肯收。最后，还是鞋匠老张想了个办法，要不，我们把这钱捐了吧，也算是对石慧的一个纪念。

第二天，鞋匠老张来到当地的红十字会，以石慧的名义，捐了 336 元钱，其中的 36 元，是石慧 3 年前预存在鞋匠老张店里的余款，另外的 300 元，是石慧的丈夫追捐的。

这个故事，有了一个善良而美满的结局。我之所以不厌其烦地复述这个故事，是想告诉大家：这个社会需要的很多东西，比如善良，比如诚信，比如承诺，以及其他的很多美德，从来就不稀缺。它们就在民间，就在我们日常的生活之中。

（原载《做人与处世》2015年第2期）

我们社会需要正能量，我们也有责任去宣扬这样的正能量。我相信每个人的心都是向善的，都是暖的。

换铺

文 / 顾文显

任何东西，凡是我们拿来和别的东西比较时显得高出许多的，便是伟大。

——车尔尼雪夫斯基

故事发生在通化开往青岛的 108 次普快 4 号硬卧厢内。

列车已徐徐驶离通化车站，时间是 21 点 20 多分，旅客们大都在各自的床铺上躺下来准备休息，只有 6 号下铺坐着俩人，靠窗的是位 30 岁左右的着装女干部，靠过道的紧外边则是位须发全白的老汉。两人商量着换铺的事，老汉是上铺，但他年老体弱，爬不了那么高，因此希望能与女干部调一下。

女干部不答应，谁乐意爬上爬下的？再说上下铺的票价不一样，买票的难度也不同。

“我不能跟您换，若是那样，当初直接买下铺多好！”

百般协商无效，老汉找到了列车员，并且掏出了自己的一个什么证件，老人已经 88 岁。

列车员那阵子大约心情也不太好，她说：“我跟旅客商量一下。”就冲车厢内喊：“这位老人家是上铺，哪位旅客能发扬雷锋精神，把自己的下铺跟他换一换？”

没有人吭声。

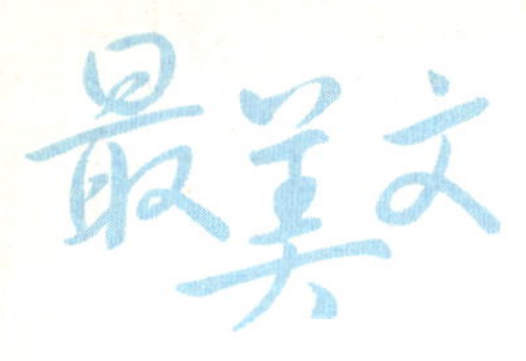

列车员道：“旅客们自己买票，有权利睡自己的铺，我也不好干涉呀。”说罢，忙自己的去了。

老汉只好在下铺一角坐着。

“您总得想办法呀，否则坐在这里影响我睡觉。”女干部脾气挺酸，她冲老汉下了逐客令。

“我爬不上去，反正我买了票，就在这儿坐着吧。”老汉赖在那儿不走。

对面 5 号下铺已躺下个商人模样的中年男人，也有 50 多岁光景，他眯着眼，佯装入睡。不好插嘴呀，他也不乐意跟老汉调换，细论 50 岁年纪也不算小啦。倒是其他中上铺的人看事不公，纷纷说那女干部：“你这么年青，只当可怜这老大爷行不行？”

女干部受到围攻，干脆躺下，把腿伸到老汉身后，老汉便只有半个座位，她说：“你们只会说风凉话，我包里有贵重东西，丢了你们负责？”

“什么贵重东西可以找列车员保管。”

女干部走了嘴，但仍不示弱：“别人拿走一分不值，我这是重要档案、文件，丢了赔不起。”

众人说，让老汉枕着，或者你拿到上铺岂不更安全？但女干部铁了心，就是不通融。

当然谴责女干部的都是中上铺的旅客。

对面下铺的商人听不下去，坐起来，掏出 20 元钱，交给女干部：“上下铺差 10 多元钱呢，我替老人补上 20 元，您可以跟他换了吧？”

“你这是什么意思？”女干部翻了脸，“我公家报销，差你几个钱？为什么你不换？”

“我腰疼，要不早换了。”

“我来例假了还要向你请示？”

众人既生气又说不出话来。

这时有个穿西装戴手套的青年男子走过来，劝那女干部：“大姐，这老前辈如果坐到青岛，咱能忍心吗？”

“花钱坐车没什么说的，你若有同情心，用不着号召我，自己跟他换呀！”

小伙子一愣，旋即说：“换！老人家，您到14号下铺，我也是终点。”他领着老汉走了。

换个铺，算不得惊天动地的伟业，但大家对女干部却是很反感。小伙子，在这些目光的注视下多少有些不自然，他向上铺爬，结果一把没抓住，滑下来，膝盖结结实实地磕在了小梯子旁的角铁上，鲜血登时流了出来。

几个人慌忙来扶，小伙子摆手谢绝，这时，周围的人，包括那女干部都清楚地看到，小伙子两只手都是假肢，难怪他抓不住扶梯，难怪他大热天戴手套！

谁都有满腹话但谁都没开口，目送着小伙子一步步爬上顶层。

小伙子睡下，中间只下来一次，洗漱兼上厕所，他爬上爬下不易。没有人跟他换铺，那样会伤害他的自尊心。

车到天津，那位睡下铺的商人和另几位要下车，他们拉着列车员到车厢连接处，把一沓钞票郑重地交到她手里：“我们不管小伙子的手是因为什么残的，但请你转达我们一点敬意和歉疚，他虽然残废，却拥有比我们更健康的东西。”

“还有我。”那位女干部不知何时站在人圈外，手里捏着两张钞票，她已哭成了泪人！

列车又开动了，女列车员凝视着窗外，庄严敬礼，嘴里轻声念着：“一路平安，一路平安……”

（原载《语文报》2014年第33期）

生命就是这样，在最特别的时刻，才会显出它迷人的光辉来。这耀眼的光辉，让那些卑微的灵魂睁不开眼睛。

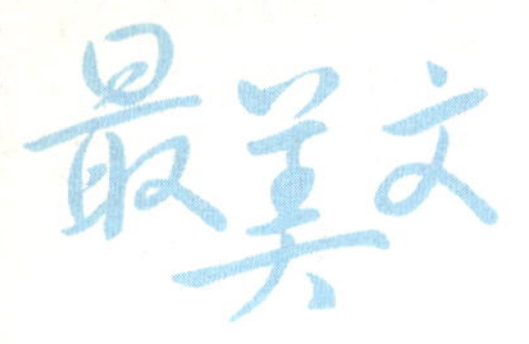

那些丑孩子

文 / 涂丽

大自然是善良的慈母，同时也是冷酷的屠夫。

——雨果

纪道思，是《纽约时报》著名的记者，全球最高新闻奖普利策奖的得主。1998 年，在印度中部恰尔肯德邦的一个小村子里，他遇到了生命中的第一位丑孩子。

这是一个美丽的黄昏，绚烂的霞光从萨特堡山顶斜斜射下，似乎为山下宁静的村庄披上了一层粉红透明的披巾。纪道思走在一条宁静的小路上，举着相机，不时捕捉着镜头，神情专注而愉悦。忽然，他听到一阵质朴却异常动人的歌声，夕阳下，就如一泓灵动的山泉淙淙流淌。纪道思被吸引了，他撇开正路，顺着歌声穿过了一个小小的橡树林。他看到一个少年背影。少年正迎着风歌唱，那歌声清越激扬，有一种力量直指人心。

少年终于唱完了，纪道思高兴地鼓掌，并用简单的印度土著语向少年打招呼。少年扭过头来，纪道思一下子吓了一跳，这是怎样的一张脸啊！只有一只眼睛，腭裂，鼻子是红红的一坨肉，和嘴巴连在一起，看不到鼻孔。没等纪道思反应过来，少年一撒腿跑了。

第二天黄昏，因为好奇，纪道思又来了，他带来了许多礼物。他向一位路过的村民打听。村民说，那一定是尼鲁，他正在教堂门前的广场上玩呢。

纪道思来到广场一看，他突然无比的震惊。因为，广场不止有尼鲁，还有十多个奇形怪状的丑孩子，或是少了耳朵，或是脑袋奇大，或是五官奇怪地纠缠在一起，或是五指如鸭掌一般……

他把所有的礼物都分给了这些丑孩子们，在孩子们近乎恐怖的笑脸下，他双手颤抖着，按下了快门。

经过一个多月的调查，纪道思终于弄明白了，这些丑孩子形成的原因，不是遗传，而是污染。当地，是印度主要产煤区，含有毒素的煤矿污染物排进饮用水源，孩子们在母亲的腹中就已经畸形。

从此，纪道思利用工作之便，不辞辛苦地走遍了亚非拉几十个欠发达的国家，拍下了近千张丑孩子的照片。肯尼亚的露伊娜生下来就没有膀胱，靠一根插在体内的导管，坚强地活到了十五岁；赞比亚的格桑浑身红滋滋的，如一只剥了皮的猫；生活在加纳的麦德是所有孩子中，最漂亮的一个，两颗眼睛如钻石一样闪亮，皮肤如丝绸一样光洁，可惜，他没有性器官。二十一岁那年，痛苦地自杀了……

这些丑孩子形成的原因，无一不是胎儿畸形，无一不指向环境污染。

拍的照片越来越多，纪道思的内心就越来越痛苦，他镜头里的丑孩子也越来越触目惊心，凝聚着一股让人震撼的力量。2009 年 3 月 26 日，在纽约举行的“AIPAD 国际摄影展”上，纪道思展出了一组名为“丑孩子”的照片，一时，震撼了无数人的心灵。很多观众看着看着，就禁不住流下泪水，当场签下支票捐赠。纪道思也因此一举夺得新闻界最高奖项。

当无数媒体记者把摄像机投向纪道思的时候，纪道思泪流满面，哽咽着，只说了一句话：留子孙一方净土，还世界一片蓝天……

（原载《青年博览》2010 年第 6 期）

出来混，迟早要还的，自然就跟人一样，不是好欺负的。环境污染最后受到伤害的终究还是人类自己，让我们停止自相残杀吧。

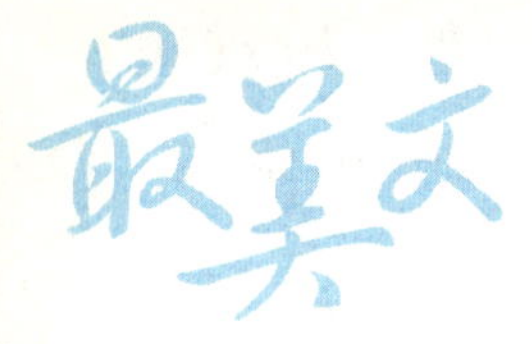

为爱开店

文 / 李莉

对人来说，最大的欢乐，最大的幸福就是把自己的精神力量奉献给他人。

——苏霍姆林斯基

最近，在新浪网上，意大利的帕拉迪尼餐厅因为专门招收智障青年作招待生，引起了众人的关注。面对着记者的采访，店主帕拉迪尼讲述了一个充满温情的故事。

二十多年前，帕拉迪尼夫妇的儿子西蒙尼被确诊患有“唐氏综合症”，帕拉迪尼夫妇无论如何都难以将“智障”一词与笑容纯净的儿子联系起来。

回到家，帕拉迪尼沉默地看着儿子，许久不语，而帕拉迪尼夫人在一旁恸哭失声。好一会儿，帕拉迪尼平静而温柔地对妻子说：上帝给西蒙尼关上了一扇门，我相信，他肯定会为我儿子打开一扇窗的。丈夫坚定的话让妻子痛苦的心渐渐平复。

随着西蒙尼渐渐长大，帕拉迪尼夫妇真的欣喜地看到了上帝为儿子开的那扇窗了。十多岁的儿子虽然只有四岁孩子的智商，但却非常善良热情。家里的事，他努力地帮着做，扫地、抹桌、吃饭时摆放餐具等家务，他都做得开心极了。因为做了家事，得到家人的赞美和感谢，他便笑容灿烂，满心喜悦。

当儿子二十岁时，帕拉迪尼觉得儿子完全能胜任餐厅服务生这种简单的工作。于是，他带着儿子到当地餐厅去找工作，却不料所有的餐厅看到智障的西蒙尼时，都纷纷拒绝。

难道儿子的一生就只能呆在家里，不与社会接触吗？这样的人生能快乐，会有意义吗？回到家，帕拉迪尼看着儿子，忧心忡忡。终于，他作出了一个重大的决定，他要为儿子开一家餐厅，雇佣儿子当服务生，让儿子的人生过得有意义。

2010 年，帕拉迪尼夫妇开了一家专卖比萨和意大利面的餐厅，由儿子当餐厅的服务生。

没想到，餐厅的生意十分冷清，光顾的客人很少。帕拉迪尼观察到，有些人进入餐厅正准备点餐，却不料看到西蒙尼后，一脸嫌弃，掉头离去。这一幕，深深地刺痛了帕拉迪尼夫妇的心。

餐厅月月亏损，帕拉迪尼夫妇不得已，已经做好关门的打算。但这事被市议会得知了，决定为帕拉迪尼特播一期节目，希望能帮助他们把餐厅开下去。

帕拉迪尼在电视上说，上帝是仁慈的，真的给儿子开了一扇窗。儿子是那么的善良、友好、勤劳，他很感激上帝。但他希望，大家能接纳、认可患“唐氏综合症”的孩子，让这些特殊的孩子也能像正常人一样为社会作出贡献，让人生变得更有意义。希望上帝赐予的这扇窗，能够照进爱的阳光。帕拉迪尼的话，让电视机前的人们流泪了。

第二天，餐厅门庭若市，人们纷纷涌到餐厅就餐。当笑容满面的西蒙尼给客人端上菜后，客人都微笑着对他说“谢谢”，西蒙尼笑容绽放。那一天，帕拉迪尼看到了儿子生命照进了明媚的阳光。

帕拉迪尼餐厅渐渐得到大家的认可，如今已扩大经营，帕拉迪尼招收的服务生大部分都是智障人士，这些智障者在这儿，获得了自信和快乐。

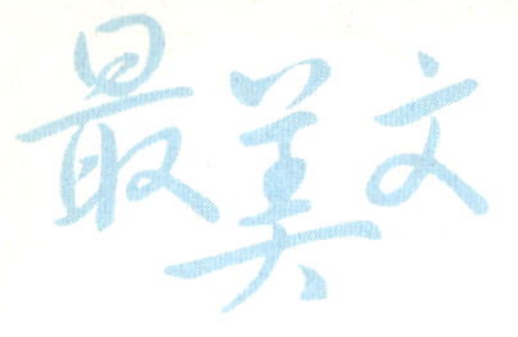

当记者采访帕拉迪尼时，帕拉迪尼说：上帝有时会犯点错误，会关上一些人的门，但他肯定会为这些不幸的人开一扇窗。我们能做的，就是用满心的仁爱，为这些窗，照进阳光。

（原载《语文周报》2015 年第 29 期）

我们每个人都有能力去为这个社会上的弱势群体做些什么，哪怕只是微不足道的小事，在他们那里就像是打开了一扇明亮的窗。

爱是世界通用的语言

文 / 佟才录

爱能够创造一切。

——佚名

凌晨三点，朦朦胧胧中，武汉女孩程薇被一阵紧似一阵的电话铃声吵醒，她闭着眼睛摸过床头柜上的电话按下接听键，电话里传来一个急切而陌生的男子声音：你是程薇女士吗？我是北京某国际旅行社导游，你父亲在慕尼黑走失了！

程薇猛地从被窝里坐起来，她失魂落魄，大脑里一片空白，一时竟不知怎么办才好。是啊，她人在武汉，而父亲走失在远隔万里的大洋彼岸慕尼黑，心情再急切也是鞭长莫及啊！

程薇的父亲已经 66 岁了，程薇是个孝顺的女儿，她想让父亲每一天都过得开心。于是，她为父亲报了北京某国际旅行社赴欧洲旅游的旅行团，想让操劳了一辈子的父亲也出去走走，看看世界。不想好心办了坏事，父亲在参观慕尼黑市政广场时竟走丢了。而更让程薇担心的是，父亲患有高血压，不知道他随身带没带降压药。

想到这里，程薇更是心急如焚，却又无计可施。微博控的她，突然想到了微博，她记得曾在一本杂志里看到一篇文章，一个北京女孩利用微博让身患癌症的外公游遍世界。她想，我何不效仿一下利用微博寻找父

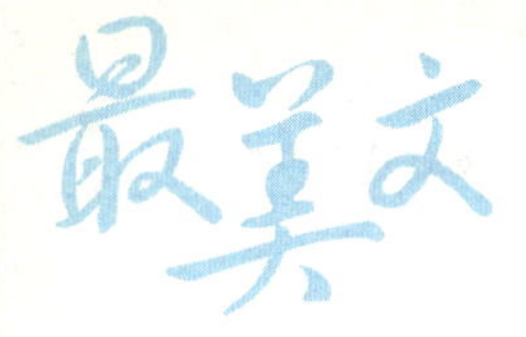

亲呢？

说做就做，她拿过手机，立即发了这样一条微博：“求助！我父亲跟随旅行团至德国慕尼黑，今天晚上在慕尼黑市政广场走失，大家已经找了3个小时了，仍旧没有找到。我父亲有高血压，非常担心。谢了！”她分别@了德国国家旅游局、德国驻华大使馆和中德商桥等微博用户。

发完微博后她立即打电话给机票代办处，询问飞往德国慕尼黑的最快航班，当得到最快也要36个小时以后才能起飞的确切信息后，她又上网寻找机票，可都是要36个小时以后才能起飞。无奈，她订了一张24日下午4点的机票。

可令程薇实在没有想到的是，她的求助微博刚发出去不久，就有人回复并转发。有的向她提供驻德领事馆的求助电话；有的建议她“想办法跟慕尼黑的本地电台联系，让他们广播一下，也许出租司机会看到”；华人“多宝鱼的兔司机”打来几个电话询问详情，还极力安慰她，并帮她联系了慕尼黑市的警察局；有一位德国博友还专门给程薇发来可以查看慕尼黑市政广场附近的视频监控实时录像的网站地址供她点击查看。

最让程薇感动不已的是，德国当地时间23日零时40分许，华人“@宅家的007”亲自出门帮她寻找父亲。他给程薇发来一条微博：你别急，我这就出门去找你的父亲……

中国驻慕尼黑领事馆领保官员小俞看到程薇的求助微博后，立即与慕尼黑警方联系，并连夜派人到慕尼黑市中心及周边徒步寻找。

凌晨2时许，小俞发来微博：“已到达市中心，刚在此处询问了巡逻的警察，对方已知此情况，但未找到人，已请他们继续注意。”凌晨4时，小俞在微博上回复安慰程薇说，领事馆会继续与警方、旅行社、旅行团领队等联系，继续寻找老人。

德国当地时间23日上午9时40分，小俞接到慕尼黑市南部一家酒店打来的电话，称一名走失老人想联系领事馆。总领事馆当即核实身份，确认老人就是程老先生后，小俞立即驱车赶往该酒店将老人接回。当地时间上午 10 时 50 分（北京时间 23 日 16 时 50 分），程先生在走失 17 个小时后终于安全回到中国驻慕尼黑总领事馆。小俞告知程薇，程先生各方面状态都好。

爱是世界通用的语言。微博里的爱心接力，让我们感受到人与人之间的关爱和温情，不会因为千山万水的阻隔和肤色人种的不同而隔阂和生疏。谁说网络都是虚拟的不真实的？从程薇微博寻父这件事上，我们看到了网络里也有真情，微博里的爱心接力更让人心生感动。

（原载《意林》（原创版）2013 年第 7 期）

哪怕是陌生的人，哪怕是语言不通，只要有爱，便可以瞬间拉近两人的距离，这就是爱的力量。

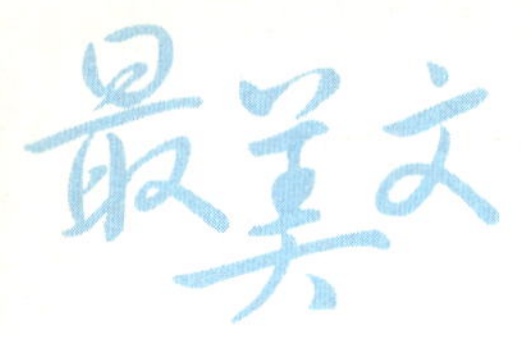

捡废品做慈善的少年

文 / 佟雨航

慈善也即是给予人们的爱比他们应得到的要多。

——儒贝尔

他今年只有 17 岁，但靠捡废品做慈善已经整整 11 年了。他捐赠的钱高达 6 万余元，为孤儿院及贫困地区中小学建立图书室 6 个，捐赠新书 5000 多册，文具 2900 多个……他就是哈尔滨市第三中学高一・十七班学生——孙慧熙。

说起他捡废品做慈善的缘由，还要追溯到 11 年前。那时他刚刚 6 岁，有一天妈妈带他到乡下串亲戚。在江边沙滩上玩耍时，他随手从沙土里挖出一截铝管，他正想把铝管抛进江里，妈妈却抬手阻止了他。

妈妈指着不远处的沙滩上那些穿着破衣烂衫的脏孩子说，熙熙，你看那些乡下孩子，因为家里贫穷而不能到学校里上学学知识。你手中的铝管可以卖钱捐给“希望工程”，就可以让很多上不起学的农村孩子回到学校。

从那一刻起，一颗叫做“慈善”的种子，就深深地埋于他幼小的心灵的沃土上，生根、发芽，开花、结果。回到城里，他开始沉迷于在街上捡拾废品，积攒一段时间就卖一次。他捐给希望工程的第一笔善款只有 5 元，但正如希望工程办公室的工作人员所说，这 5 元钱里包藏的爱心是巨大的，无可伦比的。

2005 年，他从电视上看到了河南省上蔡县的艾滋病孤儿生活得十分困难、亟需社会各界帮助的新闻。看后他心里非常不好受。他想，他一定要为这些不幸的孩子做点什么。自那以后，每天放学或假期，他都先加班加点地将作业完成，然后推着手推车走街串巷拣废品。

一段时间后，他卖掉了捡拾来的废品，首笔捐出了 222 元善款。之所以要捐 222 元，是因为 2 与“艾”和“爱”是谐音，在他幼小的心灵里，他希望艾滋病孤儿们都能够在爱心的支持下，坚强而美好地生活每一天。

他还趁寒暑假期，多次去“中华红丝带家园”与艾滋病孤儿们团聚或过年，给每位艾滋病孤儿带去漫画及书籍，他想用知识的力量让这些折翼的天使们在逆境中展翅飞翔。

在艾滋病孤儿当中，有一个叫天天的 6 岁小男孩，也许是因为同龄的缘故，天天很喜欢和他在一起。每次他去，天天都拉着他的手和他有说不完的话。他也鼓励天天好好吃药治病，还教天天算术、写字。后来，天天的病情恶化，医生几次下达病危通知书。

在病床上，天天嘴里整天念叨着他的名字。最后医生给他打电话，他接到电话后，向老师请了几天假，赶到医院去陪天天。在病床前，他给天天讲保尔·柯察金和张海迪的故事，他要天天坚强起来与病魔作斗争，还给天天唱歌、讲笑话，让天天每天都快乐。临走时，他还把自己获得的“红丝带”爱心大使奖的奖金 1000 元留给天天。他说，爱心一定能够挽留住天天花蕾般的生命。

他不仅自己一心一意做慈善，还把慈善的种子播撒给周围的同学们。上初中后，他当选了校学生会的主席，他积极向全校的同学们传播做慈善的理念，并多次带领同学们，去中央大街、防洪纪念塔、太阳岛、索菲亚教堂等繁华地段义卖，搞募捐、馈赠、做宣传等活动。然后把义卖、募捐所得，全部捐给希望工程和中国慈善总会等慈善机构。

11 年来，孙慧熙为孤儿院、希望工程捐款 6 万余元，为艾滋病孤儿购

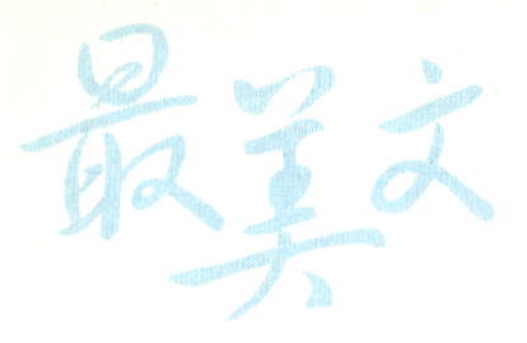

买礼品 1200 多件，为农民工子女捐御寒衣物 289 件，为孤儿院及贫困地区中小学建立图书室 6 个，捐赠新书 5000 多册，文具 2900 多个，捐衣物、鞋等物品 800 多件（双），音响、数字式影碟机二台，收录机 30 部，闹钟 20 个，石英钟 8 个，足、排、篮球及健身器材 180 多套（件）。

他的抽屉里有一本“爱心账本”，笔者在账本的封皮上看到这样一句话：“帮助别人，自己很开心。需要帮助的人露出微笑，就是对我最大的回报！”

（原载《晚报文萃》2014 年第 1 期）

一个心怀大爱的人，肯定是善良的，并且是一定是有出息的。做一次慈善不难，可是坚持做慈善，真的不简单，向他致敬。

善心如灯

文 / 范泽木

善人者，人亦善之。

——管仲

那是个下着雨的黄昏，我从杭州赶到横店时已经华灯初上。我要乘过境横店的班车回家。我在候车点等候回家的车辆，却久久没有看到来车。我一手撑着伞，一手拉着行李，心情随着黑暗的降临而变得急迫。

等了一个小时，我居然没看到一辆客运汽车过往。我向路人打听，他告诉我，客运汽车一个月前就不进城了，乘客要到明清宫苑景区候车。我傻眼了，拉起行李准备去打的。

“嘿，小伙子，果然是你，快上车。”我循声望去，一位年过六十的老太太正热情地向我打招呼。我茫然地四下望了望，确定她在跟我打招呼之后，缓缓走了过去。

“小伙子，你是回磐安的吧？快上车。”老太太几乎要伸出手拉我。我踌躇着，还是打开车门上了车。开车的是一位年过三十的青年，大约是她儿子。

我刚上车，老太太就给我递水果，不停地说：“吃水果，快吃。”

我不无疑惑地想，老太太会不会认错人了。

“小伙子，你可能已经不记得我了，可我却记得你哩。那次要不是你帮我拎鸟笼，我还真不知道得怎么办呢。”老太太开口说道。

我脑海中的迷雾终于散去，敢情她是我几个月前，帮忙拎过鸟笼的那位老太太。

那天我去菜场买菜，回家时看到一位举步维艰的老太太，她时不时停住脚步，唉声叹气地将铁鸟笼放在地上。我想，许是鸟笼太沉了，或是老太太手不方便。

我上前拎起鸟笼，准备送她回家。她客气了几句，自责地说：“人老了不争气，不是这里痛就是那里痛，我想把鸟笼拎回家，但手一使劲就痛得举不起来。”

到家后，她一定要让我上楼坐坐，但我以要回家做饭为由拒绝了。

老太太说：“你走后，我才想起来没问你名字，也不知道你住哪儿，不然怎么也得叫你吃顿饭。”

老太太有些感动地说：“虽然后来没碰到过你，但心里一直记挂着哩。”我愧疚得不知说什么才好，我的举手之劳，哪值她这般劳心记挂。

2010年夏天，我骑摩托车去见朋友。由于车速太快加之路况不熟，我连人带车摔倒在砂石路上。石子嵌进我左手的手肘，右手掌也因磕到石头血流如注。我全身乏力，像筋脉尽断的侠士。

一位骑车路过的中年人见状，马上将我扶上他的车，带我去医院。那时已近黄昏，他本要赶去他朋友家吃饭，但为了我，他打电话回绝了。他像亲人般帮我跑这跑那，直到我朋友赶到医院。

他离开时我正在手术室，以致我不知道他是哪儿的人，更不知道他的联系方式。我一直想感谢他，但苦于无法联络。我经常会想起他，想起那个傍晚，每念及此，便心生温暖。若不是他帮忙，我不知会落到怎样的境地。我对他的情感，也许正如老太太对我的，尽管我付出的着实不足她如此记挂。

你我或许都曾温暖过他人，又或者都曾被人温暖。善能焐暖尘心，也是我们跋涉岁月长河的途中，永不泯灭的心灯。

（原载《儿童大世界》2014 年第 8 期）

我们一生都在爱的路上前行，心怀感恩，一路被人关爱，也用爱去感化别人。这就是生命的意义，爱让我们温暖。

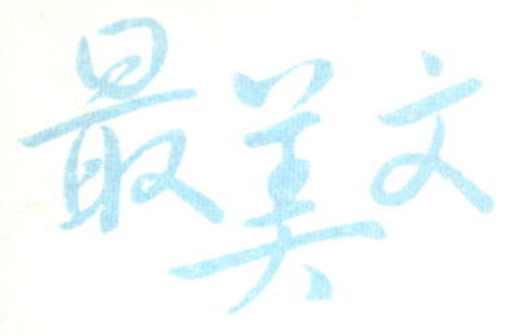

把爱传递

文 / 张素燕

爱是美德的种子。

——但丁

“老师，什么是爱？”幼儿园里四岁的小女孩闪烁着水汪透亮的大眼睛看着老师。老师蹲下来，抚摸着小女孩的头，亲切地说：“爱就是……”老师若有所思，整了整小女孩的衣领，甜甜地笑着说：“爱就是，我对你好呀！”小女孩灿烂的一笑，跑开了。她把自己心爱的水彩笔借给同桌用，把昨天妈妈刚买的画册拿给前桌看，又把刚才上课老师发给她的小奖品——五块心形小饼干，分给后桌吃。

几个孩子不约而同地用稚嫩的声音说道：“你真好！”小女孩笑得更灿烂了，她一边手舞足蹈，一边自豪地说：“因为我爱你们……”她顿了顿，把小手捧在脸上，不好意思地说：“爱，就是，我对你好呀！”孩子们都咧开嘴，咯咯地笑了。教室里响起了清脆稚嫩的童音：“爱就是，我对你好呀！”

那稚嫩的声音，那纯真的小脸，那银铃般的笑声，那蔚蓝的天空，那碧绿的草地……孩子们手牵着手在户外欢快地奔跑……这一组组可爱感人的画卷像蒙太奇似的，在我眼前浮现开来……

这天真可爱，温馨感人的画面，不知缘于何处，但深深地刻在我的脑海里。“爱就是，我对你好。”多么简单，朴素而又真诚的话语！是的，爱，就是这么朴实无华！她不需要多么的感天动地，不需要多么的绚丽多彩，不需要多么的高深莫测，不需要多么的浪漫深情，只要我对你好，就够了。反过来，只要你对我好，也就够了。爱就是这么简单，就是我们对彼此都好！

心中有爱，天地宽。但是现今生活，人心不古，物欲横流，纷繁浮躁，花红酒绿，纸醉金迷，欲望的沟壑埋葬了多少国人的良知与本性。看看我们生活中有多少泯灭良知的事情发生吧，更别说新闻媒体上每天出现的令人惊异的事件了。

其实这些罪恶的根源，就是人们背离了做人的根本。“君子务本，本立而道生。”我们连自己最基本的，最应该做的“本”都“务”不好，还如何有仁？如何有德？如何有道？如何有爱？德与仁的缺乏，让我们的爱在流通时受到阻隔。我们如果能在生活和工作中践行这种礼仪原则，那我们的社会将会温馨和谐，我们的爱将会欢快流淌。

“人之初，性本善。”不管世事如何变幻，沧海如何变迁，在我们的内心深处都有一处温暖的港湾。这里蕴藏着一股最细、最柔、最清的泉水，这就是心泉，是爱的源泉。这股爱的泉水一旦爆发，便如竹笋破土，弓箭待发，势不可挡。

泉水奔涌的力量是很大的，虽然她不像海水那样波涛翻滚，汹涌澎湃，但那顺势流淌的绢绢细流，足以滋润干涸的心田，抚摸心灵的足迹，舔舐受伤的灵魂，温暖你我的心灵。

《大头儿子和小头爸爸》里有这样一个片断，当小头爸爸写了一个繁体的爱字时，大头儿子说爸爸写错别字了。于是小头爸爸就给儿子解释这个爱字的含义:“爱是由心而发的真挚感情,《吕氏春秋》曰: 慈亲之爱其子也。对爱的解释是，心不能忘也。”小头儿子就满脸认真地问爸爸：“那只有父母对子女才能叫爱吗？”大头爸爸一摆双手笑着说：“当然不是了。孝经曰：

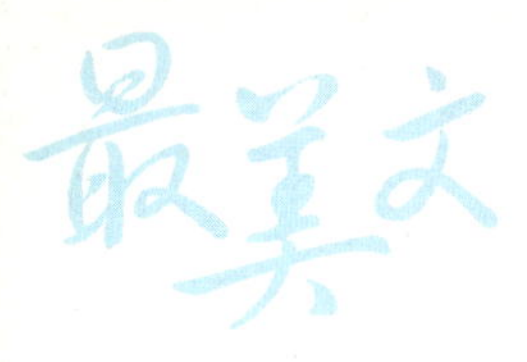

爱亲者不敢恶于人。这个解释把爱扩展开来，表示爱不仅是面对亲人，还意味着以慈悲和仁爱之心对待一切人和事。爱在生活中广泛存在。学会爱自己，爱他人，爱生活，就会让自己收获快乐和幸福……哎，人呢？”

正当小头爸爸陶醉在自己的演说中时，大头儿子早已跑到门口，对过路的人们大声地说：“我爱你们！”过路的人都报以会心地微笑。我想，他们的心里肯定也是暖暖的……

爱，就这么简单，爱，就是我对你好。我爱你，没有山盟海誓、没有巧言令色、没有虚荣华丽，只有一颗纯洁无暇、诚恳真挚、实实在在的心。爱，就是尽我所能地去爱你。我们不自觉的一句关心的话语，就会拉近彼此的距离，不经意间一个善意的提醒，就会让对方有说不出的感激……

爱就在我们身边，温暖着你我，感动着你我。把爱传递，把心凝聚。把最温暖的牵手给你，紧紧相扣不分离；把最持久的拥抱给你，相依相偎遮挡风雨；把最坚定的信念给你，让希望永不停息。爱，是我们的责任和义务，我们任重而道远。

让我们点燃爱的火把，把爱传递下去，用爱心对待每一个人，让爱的种子在我们这个文明礼仪之邦，在这个和谐社会生根、发芽、开花、结果。

（原载《语文报》2014 年第 28 期）

种下一粒爱的种子，便会收获一整片爱的森林，爱就是这样的与众不同，传播的那样迅速。

第三辑

温情相“拌”滋味长

黑土地，关东情，东北人的古道热肠，东北人的豪气善良，是我一生不会舍弃的珍宝。

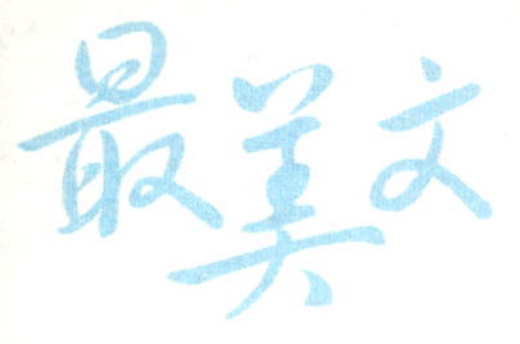

新书与旧书

文 / 小菁

孩子们是热爱生活的，这就是他们最初的爱，遏止这种爱是不明智的。

——泰戈尔

“老师窗前有一盆米兰，小小的黄花藏在绿叶间……”周一，哼着曲子走进教室。有个学生眼尖，看到我提的一样东西，惊奇地问：“老师，你改行教物理啦？”原来我带了一台天平秤去。我不答，故作神秘地把天平秤放上讲台，又拿出两本一模一样的语文书，一本全新，一本略旧。微微一笑，问同学们：大家猜猜看，新书重还是旧书重呢？

“新书重！”“旧书重！”孩子们叽叽喳喳议论开了。有一个调皮的学生高声说：有天平秤在，有真相！孩子们大笑起来。笑声中我把两本书放上天平秤，一一过秤，提醒大家注意：看一看，比一比！结果如何？

前排的几个伸长脖子，凑近来瞧，心急的一个嚷嚷：旧书重！旧的比新的重 0.01 千克。“旧书为什么会比新书重呢？”我趁势又问。一时大家沉默了，有的蹙眉，有的托腮，纷纷做思索状。忽有一学生大悟，脱口而出：因为里面记满了笔记！

“恭喜你，答对了！”我赞许，一干人马顿时松了口气，笑声随即飞扬在整个教室里。我心情愉快，把书打开，“大家注意看，旧的这本，里面记得满满的，条条杠杠，红红蓝蓝，连个缝都没落下，新的呢，却除个别添注外，几乎是空白。两本都是我的，为什么有这么大的差异？是老师后来懒得动笔吗？”我又抛出一个问题。同学们坐直身子，来了兴趣，前后左右窃窃私语，却没有答案。

我心里暗笑，难倒你们了吧？忍不住揭示了谜底：看到吗？先粗读，再细读，最后理出思路，读到最后，都记在脑子里，感觉内容越来越少，书就变得越来越薄了。所谓俯而读，仰而思，书就是这样由薄读到厚，又由厚读到薄的，这就是古人常说的“博观而约取，厚积而薄发”啊。

看他们默默点头，我又将计就计：“想要学老师偷懒也可以，谁如果能拿手头空白的新书滔滔不绝地说话，把书中的东西‘消化’了，‘吃掉’了，变成自己的了，谁就可以不用记笔记！”呵呵，学生又乐了，有几个似乎跃跃欲试。我也乐了，就是要激出你们的自己！

心里一得意，看这群小猴儿上蹿下跳，忍不住想和他们再嬉戏嬉戏，我又把我那两本宝贝高高举起，让大家再看个仔细，“一本满满，一本空空，重量不同，但它们却有一个相同，在哪里？”

“都包着书皮！”底下同声一气地回答，笑容可掬。“是也！我的书都这样。”我说，“这个就是我们对书的爱惜！里面，你尽管记……”哈哈，屋子里一群大小猴儿们，皆自得而喜！

一堂课就这样轻松而愉快地过去。下课后，有几个学生围过来，好奇地要看看我的“道具”，突然一个女生拿起我那本旧书，似又发现新大陆：“老师的两本书，不但重量不同，味道也不一样呢！”“什么味？”“咸的！”“因为里面有老师的汗水！”学生你一句我一句都替我回答了。

我不说话，默默地看着他们，心里涌上一丝感动，是的，那是老师的汗水，人生多味，而咸就是盐，是人生路上的一道风景，是洁白的结

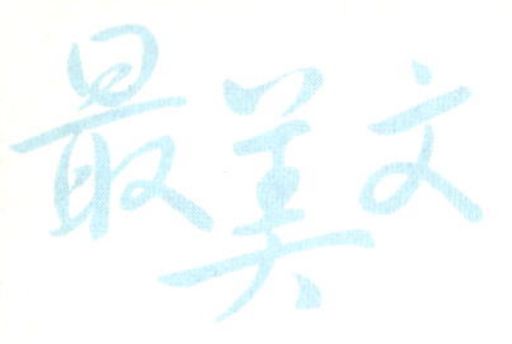

晶。它是品尝过路上所有的浆果后，最后才懂得了的雅韵。百味之首，仍为咸啊。

转眼看窗外的米兰，小小的黄花还是那样的朴素而明朗。有的稍稍枯萎，有的又开了，一两片小芽，三两朵花苞，嫩黄嫩黄的，又悄悄地生出孩童的梦幻。

（原载《考试报》2015 年第 6 期）

童年是天真的，也是玩性最大的时候，怎么样才能让孩子们爱上学习，我想这是作为老师首先要考虑的问题。

追大爷

文/萨蒂

自己活着就是为了让别人更美好。

——雷锋

骑着自行车，走在街上，突见前面一老太太，不知在跟过路的行人说着什么。只见行人们一个个都扬长而去，毫不理会。我路过时，老太太焦急而又强带微笑地请求说：“你能追上前面那个戴黑帽子的老人吗？说他老伴在这儿等他。”

看着一个个行人面无表情地疾驰而过，我一面骑着自行车，一面想：这么多人都不帮她，我帮她不帮呢？边想着，边下意识地向前看，哪有戴黑帽子的老人啊？于是我就猛蹬了几脚车子。突然，一个戴黑帽子的老人进入我的视线，他正骑着车子往前行驶。

那张充满焦虑的脸庞在我眼前闪过。“我一定要追上他。”于是，我使劲地蹬着车子。可就在这时，只听“咔”的一声，车子停了。由于我蹬得过猛，车链子断了。真是坏的不是时候，路边也没有修车子的。眼看着老人越骑越远。我索性把车子扔在街边的墙角，跑着往前追了上去。

一向不爱运动的我，使出浑身解数的力气，跑得气喘吁吁，径直往前奔，越来越近。“大爷，您停一下……”我边跑边喊，大爷没听见。“大爷，您停一下……”我一次又一次地喊。过路的行人和街边开门市的生意人，

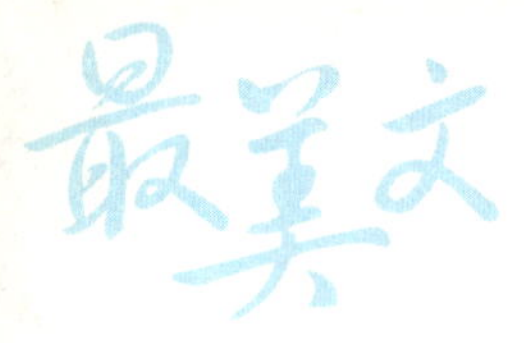

看着边跑边喊的我，有的在笑，有的在议论。

“帮她喊！”不知谁喊了一声，于是人群里响起了“大爷，您停一下……”的喊声。声音越来越多，声音越来越大，大爷终于停住了。回头看着已经跑到他跟前，累得直不起腰说不成话的我，急促地说：“你是喊我吗？怎么了，丫头？我还有事儿，我老伴走丢了，我急着找我的老伴呢，你要没事儿，我先走了。”大爷说着就往前走。

“大娘……她……她……在……那儿……”我上气不接下气地往前走，回头指着老太太的方向。“原来你是给我捎信的啊，谢谢你了啊，小丫头！我老伴她迷路了，我正在到处找她。可能刚才我找她的时候，她看见我了，我没看见她。也可能她喊我，我耳朵不好使没听见。谢谢你，那我走了啊……”老大爷说着骑上车子，飞速地往老大娘的方向驶去。

围观的人群中立刻响起一陈热烈的掌声。“你就这样一路跑着追过来的？”有人问道，这时我才想起坏了的车子。“车子坏半路了，我去找去。”说着，我轻快地朝车子方向跑去。

（原载《语文周报》2014 年第 32 期）

多么和谐的画面，每个人付出一点爱，世界就是爱的海洋。为每一个善良的人点赞吧！

温情相“拌”滋味长

文 / 李迎春

总在有月亮的晚上，想起故乡的模样，却是一种模糊的怅惘，仿佛在雾里似的。挥手别离后，乡愁是一棵没有年轮的树，永不老去。

——席慕蓉《乡愁》

冬日的阳光，透过窗玻璃斜射进来，点点灰尘精灵一样地在光影里舞蹈。我坐在窗前的暖阳里，回忆着那些温馨的画面，就如黑白老电影一幕幕浮现在我的眼前。我开始思念久未见面的姑姑，想起少年时吃过她自创的私房菜——胡萝卜丝炝拌黄豆。

那是 30 多年前，我还是个 12 岁的小姑娘，因为刚查出患有严重的类风湿病，父母领我在省城四处求医。有人介绍了农村的一位老中医，奶奶便陪我到离家几十里外的乡村诊所治病。到了那里，才知道乡村诊所不能住宿。经父亲的朋友帮忙，我和奶奶到一户农家借宿。

望着陌生的环境和素昧平生的一家人，我无所适从，拘谨地坐在炕沿上。30 多岁的女主人轻轻地把我抱上炕。我和奶奶原打算借住在她家闲置的偏房，自己做饭、熬中药，为此我们还带去了柴油炉、米面油等生活用品。

这户人家有 4 个孩子，对我们的到来很是欢迎。大我一岁的女孩笑盈

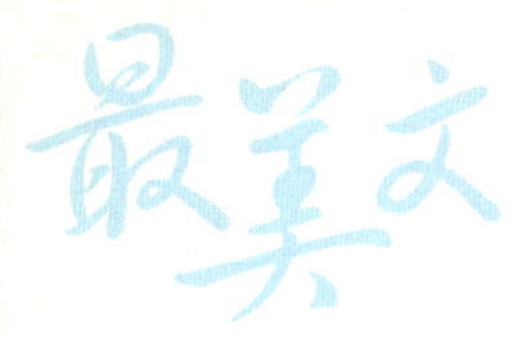

盈地跑过来，拉着我的手，这让我一下子轻松起来。晚饭时，女主人执意不让奶奶自己做饭，盛情邀请我们和她家人一起吃。

能容留陌生的病孩子住家里已属不易，女主人对我还像亲闺女一样照顾。知道我的病怕凉，她每晚都让我睡在最暖和的炕头，帮我洗头发、洗衣服、梳辫子……我像在家里一样，感受着她母亲般的呵护。

那时候无论城乡，冬天的菜蔬都是老三样——白菜、萝卜和土豆，几天才能吃上一顿豆腐。女主人看我天天吃汤药，食欲不佳，就想着法儿换样调理饮食。今天吃苞米面粥，明天吃发面蒸糕，后天是细软润滑的热汤面，可物质的匮乏还是让巧手的主妇没了章法。

有一天，她翻出农家做大酱的黄豆，挑拣干净，用水浸泡一晚上，第二天起早把黄豆煮熟，捞出，放进大盘子。然后把胡萝卜切成细丝，配上大葱丝和鲜绿的香菜末，加上酱油、醋、盐等佐料，再把少量豆油烧开，炸出喷香的葱花油。把沸腾的油浇在胡萝卜丝上，搅拌均匀，一道风味独特的农家菜便诞生了。

这道菜看着就诱人，金黄的豆粒，翠绿的葱丝、香菜末，橘红色的胡萝卜，再加上黄豆绵软、胡萝卜清爽，真是令人食欲大增。

饭后，女主人把豆粒和胡萝卜丝装进大葱叶里，让我攥在手里当零食享用。那个时代小食品实在是不常见，这种特别的零食，融入浓浓的温情和善意，今天想来，真是其他零食无法比拟的。

我和奶奶在那里一住就是一个月，非亲非故，萍水相逢，这家人却热情款待，如同老亲故友。

那次求医，我的病虽然没有治愈，却意外收获了一份难得的人间真情。奶奶曾经有过一个亲生女儿，不幸 19 岁正当芳龄却早逝了，这一直都是她内心的隐痛。结识这家女主人之后，奶奶认善良的主妇为干女儿，于是她成了我唯一的姑姑。

以后的日子里，两家人互相关爱，相处了几十年，甚至忘记了没有血缘这层关系。姑姑在奶奶病重去世前，一直和父母一样在床前尽孝。奶奶弥留之际，把她积攒的体己银元拿出来，分出一半给了姑姑，另外一半给了父亲。奶奶握着姑姑的手断断续续地说：“你比我的亲女儿强啊！”奶奶是带着女儿孝顺的满足感离开的。

两家的孩子都非常亲，姑姑的儿子们到镇上读高中，3 年都是住在我家，奶奶待他们像亲孙子一样疼爱。奶奶去世多年了，姑姑现在也是古稀老人了，但这份浓浓的感情却从未间断。

如今，冬季菜蔬很丰富，但我却永远忘不了胡萝卜拌黄豆那独特而醇厚的香味，忘不了那悠远如烟的往事。红砖平房，篱笆院落，皑皑白雪，袅袅炊烟，火热的土炕，热腾腾的农家菜，一位素洁而朴实的姑姑，还有她那温暖慈爱的笑脸……

黑土地，关东情，东北人的古道热肠，东北人的豪气善良，是我一生不会舍弃的珍宝。

（原载《语文报》2013 年第 9 期）

有一个温暖的地方，叫家乡，有一种亲人，叫老乡。那片热土，恐怕是我们一生都在眷恋的地方。

水一样的声音

文 / 若荷

在孩子的嘴里和心中，母亲就是上帝。

——英国谚语

因工作需要，我调入单位一个新科室，报到的第一天，便听同事谈论到自己的孩子，她们都是三十岁出头，孩子才上小学或幼儿园的年轻母亲。

一位同事说，她的女儿学习成绩很不错，学习态度很认真；另一个同事讲她的女儿业余爱好广泛，喜欢唱歌跳舞。她用缓缓的语气描述女儿在某次学校歌咏比赛时的参赛心情，并打开女儿历次参加活动的留影给我们看，女儿的各种神态被她巧妙地摄入相机，存放在了电脑里。

我们一边羡慕地看她女儿的照片，一边叹息着自己的红颜老去。给她出主意说做成相册吧，等到女儿长大成人或出阁的时候，这便是送给她的最好的礼物，让她永久收藏！

有一次，她在网上搜索韩剧《大长今》主题曲的歌词，打印并复制了许多，我们每人要了一份。拿着歌词的她说也会唱一点点，我们就鼓励她唱几句。正是中午休息时间，她就轻声哼唱起来，一边唱，一边说是跟女儿学的，唱不好，她女儿的歌唱得才好听，“小孩子嘛，总比大人强，唱出来的声音就和‘水一样’”。

“水一样的声音”？我惊讶她用了这样一个生动而别致的形容。她不说女儿的歌声有多“嘹亮”，不说有多“甜美”，而是用了“水一样的声音”来比喻那种只属于孩子的纯净。

我在心里默默沉吟了一会，用“宏亮”、“甜美”之词语与“水一样的声音”反复比较了一下，同样是形容歌声，而前一种的感觉简直是单薄得望尘莫及！

下班时间快到了，她的女儿准时来办公室取歌词。上三年级的女儿虽然娇小，却有一副小大人的模样，显得很懂事。大家鼓掌为她女儿助威，说如果唱一遍《娃娃》，才能拿走那份歌词。

小女孩就真的大胆唱起来，纯净的童声里是没有杂质的稚嫩，那声音就如同不加和弦的琴声，叮叮咚咚，每一个音符都是那么干脆，那么清晰入耳。孩童的天然歌喉，果然是毫不修饰地“水一样”的质地。

已经很少有机会听到这样的童声了，曾经做过幼儿教师的我，自从离开幼教岗位，每天面对纷乱的工作以及抛不开的种种烦恼，就再也没有过停下匆忙的脚步，或静下心来饶有兴味地欣赏一下孩子们的歌声的机会。看着女孩在我们的称赞下愉快的模样，以及同事含而不露温馨可亲的笑容，心中突然涌上一阵莫名的感伤。

《大长今》的主题歌里有这样一句：“看风筝飞多远未断线 / 看一生万里路路遥漫漫 / 看牺牲的脚步尽化温暖 / 暖的心爱追忆你的微笑 / 滔滔风雨浪心声相碰撞……”优美婉转的乐曲和歌声已深深地将我打动，而比词曲更能打动我的，却是同事称赞孩子的那句“水一样的声音”。

是啊，一声赞美，一份欣赏，对那些正在灿烂成长着的孩子来说，何其重要！欣赏便是一种喜欢，一种陶冶，一种播种，更是一种收获。欣赏的本质是热爱，母亲欣赏孩子，就像欣赏心中的太阳，种下的是信心，收获的是灿烂。这种母亲眼里纯朴的欣赏观，有助于使更多的人用全力以赴来架起由平凡此岸通往辉煌彼岸的桥梁。

“我爱您！妈妈，您从来不说我比别的孩子差；您总是在我干的事情中，寻找值得赞许的地方；我怀念和您在一起的所有时光。”比尔·盖茨说。原来，这位大器早成、独步天下的亿万富翁，从他母亲那里得到了一份被母亲忘记了的珍贵礼物——欣赏。

“水一样的声音”，看似与爱无关，心头上却是对孩子的一片关怀。有母亲对孩子的褒扬，有从心底里发出的一份爱掺和其中，有一个举止一个眼神都带有微笑的自豪。是充满了母爱的光辉，以及由衷的赞赏！

（原载《小学德育》2012 年第 4 期）

母爱是温暖的，像水一样的声音，温柔、耐心、持久。

为了春天不忧伤

文/冠豸

见其诚心而金石为之开。

——《韩诗外传》

春天是初二时才转学到我们班的，从他走进教室后，我就不曾见过他笑。他总是表情漠然，一只眼睛里盛满忧伤。是的，春天只有一只眼睛，另一只眼睛在他小时候被鞭炮炸瞎了。

春天坐我前桌，我从不曾见他上课时举过手，和我们踊跃举手抢着回答老师的问题相比，春天安静多了。可是第一单元的各科小测后，闷声不吭的春天却以各科都全班第一的成绩把我们镇住了。

在我们热情地为他欢呼雀跃时，他却一点欣喜表情都没有。刚开始，我们以为他是初来乍到不好意思，后来有一段时间了，他依旧这样，我们就觉得这个同学怪怪的，不合群，甚至说他清高。

春天应该知道我们在背后议论他的事，有几次，就算他还在教室，也有同学在背后小声嘀咕，骂他是独眼龙，目中无人。春天依旧没有反应，他从不解释，也不主动与人说话。他的脸上永远覆盖着一层薄薄的冷霜，那副拒人于千里之外的表情让我们恨得咬牙切齿。

在春天来之前，我们班可是年级最团结的班。大家和睦相处，其乐融融，我这个班长，看在眼中，乐在心里。毕竟我是大家推选出来的班长，他们的拥护和支持是我最大的骄傲。春天的不合群，让我感觉到自己的失职，于是我主动找他聊，希望能打开他的心扉，帮助他早日融入我们这个班集体。

可是我的好意却被春天拒绝了，他说：“我为什么不能按自己的方式过呢？”好心被驴踢，我气坏了，心里想，这个独眼龙真是不知好歹。他有个性，我难道就没个性？如果不是为了整个班级着想，我才懒得理睬他。

怀着一肚子的怨气，我找老班投诉，也想从老班那里了解一下关于春天的信息。老班告诉我说，春天的父亲几年前得肝癌不在了，他的母亲又遭遇车祸去了，他转学过来，是因为这里是他母亲的娘家，有疼爱他的外公外婆。

老班还说，春天的外公外婆和他住在一条街上，他很早以前就认识春天。“他是个命苦的孩子，小小年纪经历了两次至爱亲人的生离死别……小时候他很可爱，后来再见到他时，就变得沉默不语了，你对他一定要有耐心。”老班说。

听着老班的话，我震惊了，原来春天是一个可怜的孩子，那么小就要独自面对父母双亲已经不在的事实。生活在他面前展开了一页页残酷的真相，小时候眼睛炸瞎，后来父亲病逝，现在母亲也走了，唯有年迈的外公外婆是他的依靠，他怎能不忧伤？

再看见春天，我内心里隐隐作痛，恨自己还没弄明白真相时，就对他产生了误会。他不是清高，不是孤傲，他只是还没有走出失去双亲的痛苦深渊。那么沉重的打击，他能笑得出来吗？我一定要帮助他走出这段阴霾般的噩梦，让春天不再忧伤。

我想了很多办法，可是一一被我否认。我相信，春天需要的不是同情，如果我以一个同情者的姿态进入他的世界，一定会被他排斥，而且我还会伤害他年轻的自尊。唯有成为值得他信赖的朋友，才能打开他的心扉，让他找回久违的微笑。

毕竟是前后桌，我找春天说话很方便，虽然刚开始时，他不大理睬我，但我并不放弃，就算面对他的冷面孔，我也保持一脸笑容。我相信笑容可以温暖一颗孤独的心，笑容可以传达我的友善。

我还在班级里召开了一个除了春天之外所有同学都参加的紧急会议，我把我从老班那所知道的情况告诉了大家，看着大家惊愕的表情，我说:“确实是这样的，刚听到这事时，我也不敢相信春天所承受的痛苦。他是这个班的一份子，我们有责任帮助他找回希望，为了春天不再忧伤，我们都要行动起来……”

我有点激动，说得慷慨激昂。大家议论纷纷，提出了种种建议，虽然之前因为不了解对他有过看法，但知道真相后还是积极参与。大家的看法和我完全一致，要不着痕迹地打开他的心扉，谁都不愿意被人同情。

有同学在课间时，很自然地拿着习题去请教他，毕竟他的成绩在班上最好，请教他难题不会引起注意；也有同学会很顺便地请春天帮点小忙，然后就顺理成章地和他搭上话；有个女生最直接了，她喜欢买零食吃，有天买回一大堆放在课桌上，大声嚷着，见者有份，拒绝无理，于是她一个个分发下来。

我注意到她把零食递给春天时，春天很不自在。春天还没开口，她却先说了：“不能不要，我会生气的。”然后走到我旁边，把零食递给我，还对我眨眼睛。我明白，她是想告诉我，她终于成功地让春天参与了一次全班级的事件，虽然只是吃零食，但有个开始总是好的。

为了春天不忧伤，我们班的同学可谓是花样百出，大家都用自己的方式，让春天融入到班级的各种活动和事件中。大家都很小心，不能让春天感受到他的特殊。我们还商谈好，不能在班级里谈论车祸、伤病之类的事，怕惹他伤心。

看着用心良苦的同学们，我真为自己处在这个班集体感到骄傲，他们的善良和真诚一次次拨动我内心深处最温柔的那根弦。春天或许也感受到了吧，我注意到，他眼中的忧伤渐渐淡了。

我们就把他当成班级里很普通的一员，没有人会私底下议论他的独眼，更没有人故作同情，做出一些让他反感的事情。一切都是悄悄地，不着痕迹地进行，让春天一点点融入到我们班，让他不再觉得孤单。

为了春天不忧伤，我们愿意为他做很多事情，当然，我们也在做这些事情时得到了锻炼和成长。我们学会了理解人，学会了尊重别人的隐私，亦向春天学会了隐忍和坚强。

人生旅途上，无论遇到什么，我们都要用一颗勇敢的心，认真面对。

（原载《做人与处世》2013 年第 5 期）

人性本善。在别人渴望理解的时候，我们应该走近他的身旁，感受他的无奈，并为他做些什么。爱会让一个人勇敢并且迅速成长。

你真是个好孩子

文 / 木子

赞扬是一种精明、隐秘和巧妙的奉承，它从不同的方面满足给予赞扬和得到赞扬的人们。

——拉罗什夫科

“黑柳彻子，你站起来，你真是个不听话的孩子，你就喜欢看着窗外。”讲台上，一个年轻的女老师突然发出严厉的喊声，班上的同学全都扭过头去，看着那个叫黑柳彻子的人。

一个六、七岁的小姑娘听到老师叫她，立刻从座位上站了起来，可眼睛还不时瞥向窗外。

老师怒气冲冲地走到小姑娘的跟前，顺着小姑娘的视线向窗外看去，窗外只有一片寂静，什么也没有。老师不解地问：“这窗外什么也没有，你为什么总喜欢看窗外？”

小姑娘稚嫩地回答道：“不，我看到了操场上有几只小鸟在飞来飞去，还有阳光照在树叶上闪烁着金色的光芒，我还感受到风从操场上刮过的声音。”

老师气急败坏地怒吼道：“黑柳彻子，你还敢和老师犟嘴，明天将你妈喊来，如果再这样下去，就将你开除！”

黑柳彻子上小学二年级，什么东西在她眼里，都要观察个不停。那个年轻的女老师，已将她的妈妈喊来多次了，可效果一点也不明显。

放学了，小姑娘蹦蹦跳跳地走出校外，忽然，她看到母亲站在校门口的一棵树下在向她招手。小姑娘欢喜地喊了一声妈妈，然后张开双臂向母亲跑去。

母亲蹲下身子，紧紧地拥抱着女儿。小姑娘忽然发现母亲哭了，吃惊地问道：“妈妈，您怎么哭了？”

母亲用手抹着眼泪说道：“彻子，妈跟您商量一件事，我们换一所学校上学好吗？”

小姑娘拍着手叫道：“只要有操场、小鸟和闪烁着金色光芒的树叶，那我就去。”

母亲听了，眼泪又哗哗地流了下来。其实母亲不忍心告诉女儿，她是被学校开除了，她要为女儿重新找一所学校。

母亲带女儿到了一所名叫巴学园的小学校，小姑娘一进校园，就看到了操场四周有小树，小树上的叶子还闪烁着金色的光芒，小姑娘张开双臂高声欢呼着，在操场上欢快地奔跑起来。

小女孩欢快的笑声，吸引了操场上一个满头银发老伯伯的眼光，老伯伯用手招呼道：“小姑娘过来，你叫什么名字啊？”

小姑娘跑到老人的跟前，笑道：“伯伯好，我叫黑柳彻子，是刚转到这所学校的。”

老人笑着问：“我们这所学校好吗？”

小姑娘仰起头，眨着一双清澈、明亮的眼睛说道：“好，这所学校里有操场、小鸟，还有闪烁着金色光芒的树叶，是我理想的学校。”

老伯伯欢喜地用手在小姑娘的头上摸了一下说道：“你真是个好孩子！”

小姑娘听了，愣愣地望着老伯伯，眼泪突然流了下来。老人吃惊地问道：“小姑娘，你怎么哭啦？”

小姑娘抹了一把眼泪，哽咽道：“我第一次听人说我是个好孩子，在以前那所学校里，老师都叫我是个傻丫头，一点也不喜欢我。”

老伯搀起小姑娘的手说：“不要哭了，我说你是个好孩子就一定是个好孩子，走，我带你到新班报到去。”

彻子在巴学园开始了一种崭新的生活，她感到快乐极了。她还常常站在窗前眺望着窗外。她看到，操场上不时有小鸟从天空中飞过，小树上的叶子闪烁着金色的光芒……

时间过得真快啊，黑柳彻子在巴学园度过了难忘的少年时光，那个喜欢静静地伏在窗前看窗外景致的小姑娘，渐渐长成大人了。

那是一个温暖的午后，黑柳彻子又伏在窗前，眺望着窗外的景致，忽然，少年时代在巴学园学习的情景，像电影蒙太奇一样，在她眼前闪现。

突然，有一种灵感在脑里闪现，她转身坐在写字台前，铺开稿纸，写下了一行字：窗边的小豆豆。随后，她一口气写了下去，写了一个名叫小豆豆的小姑娘，在巴学园的快乐成长旅程。

书稿很快写完了，她将书稿投到出版社。很快，这本名叫《窗边的小豆豆》的书出版了。这本书一出版，立刻轰动了日本，人们被书中的故事深深打动了。这本还被翻译成世界许多国家的文字，成为世界发行量最大的书籍，人们说，这本书就像是一面镜子，发现了我们在教育问题上所遇到的困惑和痛苦的根源。

黑柳彻子在接受记者采访时说道：“小时候，我曾被学校开除，后来我转学到了巴学园，在这所学校里，我感受到了平等、关爱、尊重和理解，特别是小林校长对我说得那句话，‘你真是个好孩子’！让我一辈子都难以忘怀，也使我成长为一个充满自信、快乐和勇敢的人。教育并不复杂，有时仅仅一句‘你真是个好孩子’！就能彻底改变一个人。”

（原载《语文周报》2014 年第 32 期）

有一种爱不需要你去做些什么，只需要一声安慰或者鼓励，便可以让对方重拾生活的信心，便可以很好的成长。不要吝啬你的赞美，这样或许就会让一个人重新燃起生活的信心。

向左走向右走

文 / 学学

世界上没有更好的路，你选择的那条并且坚持下去的就是最好的路。

——卢思浩

“毛姆，小矮子，结巴子，讲不出，急得哭！”放学了，一群七、八岁的小学生对着前面一个与他们一般大的男孩背影，嘻嘻哈哈说出了一番顺口溜。

那阵阵嘲笑声，像一把锥子深深地刺痛了那个男孩的心。那个男孩回过头来，看到班上的那些同学冲着他幸灾乐祸地嬉笑着，他恨恨地看了他们一眼，然后委屈地掉转头，跑进了路边小胡同里了。

毛姆是一个十分可怜的孩子。他的父母在他很小的时候，就因病先后去世了，他成了孤苦伶仃的一个人。他长得矮小、瘦弱，因自卑、胆怯和无助，他患了严重的口吃，一句话要憋好半天，才能结结巴巴讲出断断续续几个字。看到人们冷漠不屑的眼光，毛姆心里很难受。

毛姆上小学三年级了，一个名叫珍妮小姐的老师开始带毛姆这个班。珍妮是一个大学刚毕业不久的大学生，她一带这个班，就发现了毛姆这个孩子总是孤零零的一个人来来往往，她感到很疑惑：毛姆为什么不喜欢和其他同学在一起呢？

一天，珍妮小姐喊毛姆站起来回答一个问题。毛姆站了起来，脸憋得通红，也张不开口。有同学嬉笑道：“毛姆是个结巴子，肚子里有话讲不出。”话音刚落，立刻引起全班同学哄堂大笑。

珍妮小姐全明白了，她请毛姆坐下来，对全班同学深情地说道：“我给大家说一个故事吧。”同学们听说老师要讲故事，一下子来了精神，全都抬起头，听老师讲故事。

珍妮小姐说道：“我从小生活在一个单亲家庭里，父母在我很小的时候就离婚了，我和父亲在一起生活。父亲是一个酒鬼，每天都喝得酩酊大醉，对我从来不管不问，久而久之，我就患了严重的口吃毛病，一句话结巴了半天也说不完，我变得更加自卑、胆怯和无助。”

“这一切，都被街坊一个名叫黛丝太太的老妇人看在眼里，她看到我从她家经过，和颜悦色地喊住了我，她抚摸着我的头说道：‘孩子，口吃不是什么大不了的事，许多孩子在她学讲话时，因受环境、教育、家庭等环境因素的影响，就患了口吃的毛病。其实，只有克服自卑、胆怯的心理，大胆地练习朗读，就一定会克服口吃的毛病。’”

“黛丝太太又说道：‘别怕，孩子，向左走向右走，都能走到成功的彼岸，每个人都不可能朝着一个方向行走。’”

课堂上鸦雀无声，同学们都聚精会神地听珍妮小姐讲着故事，有的同学边听边在认真地思考着什么。毛姆脸上闪烁着幸福的光芒，他望着珍妮小姐，眼里闪烁着感激的泪光。

珍妮小姐讲完了，她走到毛姆跟前，轻轻地拥抱着毛姆，她拍了拍毛姆的后背，说道:“毛姆，别怕，无论向左走向右走，都能走到成功的彼岸，每个人都不可能朝着一个方向行走。”毛姆眼睛里滚落下滴滴泪珠，他用力地点了点头。

上课时，珍妮小姐喜欢喊毛姆站起来发言，每回答完，珍妮小姐都热情地鼓励她，说他回答得很好。珍妮小姐在班上成立了一个演讲表演队，许多同学都积极报名参加，珍妮小姐鼓励毛姆也来参加。

毛姆嗫嚅道："我……我……能行吗？"

珍妮小姐热情地说道："怎么不行？你知道了我的故事吧，从前我参加学校的演讲比赛，还获得过第一名呢！"

毛姆听了，脸上露出兴奋的光芒，用力点了点头。

毛姆参加了演讲表演队，与同学们一起大声说话，慷慨激昂。在演讲中，毛姆看到了力量，还有希望……

很多年以后，已成为英国二十世纪上半叶最受读者欢迎小说家的毛姆，在他的许多文章里，都有着珍妮小姐的影子。

他在出席《月亮和六便士》这本书的出版发行仪式上，对来宾们深情地说道："我曾经是一个口吃很严重的孩子，我是那么自卑、胆怯和无助。是珍妮小姐让我树立了对生活的信心。大学毕业后，我原来是当了一名医生，后来，我选择了当一名作家。因为珍妮小姐告诉过我，无论向左走向右走，都能走到成功的彼岸。"

人们听了毛姆的演讲，心情久久不能平静。许多同学回到学校写了这样一篇作文：题目是——《向左走向右走》。

（原载《小樱桃》（童年阅读）2015 年第 5 期）

人生有好多个出口，当然也就有好多个方向。无论从哪个方向出发，只要自己坚持走，就可以到达成功的彼岸。

我只能帮你到这儿了

文 / 学学

真正的自由属于那些自食其力的人，并且在自己的工作中有所作为的人。

——罗·科林伍德

亚当斯是南美洲玻利维亚一名著名的房地产商，最近，他又在嗒里哈省开工了一个新项目。这个新项目建成后，将成为嗒里哈省最大的现代化商业城，里面有五星级酒店、度假村、住宅区等设施。

一天，亚当斯来到建筑工地检察工程的进展情况。亚当斯虽然是一个大企业家，但他每次外出，都轻车简从，自己开车，也从来不用什么专职司机和保镖，只有一个秘书跟着他。

他常说，我虽然是个大老板，但也要节约每一分钱，绝不能奢侈浪费。确实是这样的，他身边的人都知道，亚当斯生活很节俭，一顿饭常常简单的一盒快餐就行了，他手腕上的那块手表，也是才值 20 几块玻利维亚诺的电子表。

突然，一个妇人带着两个小姑娘来到他的面前，妇人向亚当斯泣诉道：“我本来是住在这个地方的，后来土地征迁，我的家搬迁到达瓦尔地区了。我没有工作，孩子的父亲是一名卡车司机，工资又低，家里一点也照顾不了，您是一个大富翁，帮我在这找一份工作吧！”

亚当斯不仅是一名腰缠万贯的大富翁，也是一名慈善家，每年都要为慈善机构捐款达几亿美元，平时他看到需要救助的人，也总是慷慨解囊，人们都亲切地称他是大善人。听到眼前这位妇人的哭诉，亚当斯也同样动了恻隐之心，于是问道：“请问你有什么文化和特长呢？”

妇人说道：“我没有什么文化，我只会做家务。”

亚当斯思考了一下，说道：“这样吧，你在工地食堂后勤帮忙干干活吧，每月 2000 玻利维亚诺。”

妇人听了，高兴地喜极而泣，不停地说道：“您真是个大善人啊！”

过了一段时间，亚当斯又来到这里检察工作，突然，一个妇人挡在了他面前，那妇人说道：“亚当斯先生，您还认识我吗？”

亚当斯看着眼前的妇人，努力地想了一下，还是摇了摇头。

妇人说道：“我就是上次在这带着两个孩子，求您帮助的那个妇人啊！”

亚当斯这才想了起来，问道：“你现在还好吧？”

妇人眼睛一下红了，她抹了一把眼泪，哽咽道：“我的男人开着大卡车，一直奔波在外，一直照顾不了家里，工资又低，我想求您让他到这里来开车好吗？”

亚当斯一愣，微微皱了一下眉头，沉吟了片刻，说道：“好吧，那就让他到工地开车吧，每月 3000 玻利维亚诺。”

妇人听了，立刻喜极而泣，不停地说道：“您真是个大善人啊！”望着亚当斯进了小车，自己坐在驾驶室里，妇人脸上露出惊愕的神色。

商业城如期完工，嗒里哈省省长和许多来宾都来到现场表示祝贺。在竣工现场，亚当斯当场宣布，再次向慈善机构捐款 2000 万玻利维亚诺。亚当斯的举动，引起了现场一片喝彩声。

竣工典礼结束了，亚当斯走向自己的小车，正要打开车门，一个妇人来到了他的跟前，那妇人问道：“亚当斯先生，您还记得我吗？”

亚当斯望了望那妇人，笑道：“记得，你现在还好吗？”

妇人眼睛一红，抹起了眼泪，说道：“我家男人在工地开车太辛苦了，让他来给您开小车好吗？这个工作既体面又轻松，和您在一起，他还能学到许多做生意的诀窍。说不定他将来也会像您一样，成为腰缠万贯的大富翁，那我就再也不用辛苦干活了。刚才我在现场看到了，您又捐了那么多善款，我真羡慕啊！”妇人脸上露出激动的红晕。

亚当斯身体摇晃了一下，他扶了一下车门才站稳了脚。亚当斯脸上露出一丝不快，他淡淡地说了句：“对不起，我只能帮你到这儿了！”

说罢，坐进了驾驶室，他好像想起了什么，将车窗摇了下来，说道：“我曾经也是一名卡车司机。”说罢，小车绝尘而去。

妇人望着远去的小车，一脸失望的神情，她将手中一样不知什么东西，狠狠地摔在了地上。

这一幕，被正在现场采访的记者迪亚斯看见了，随后，他在玻利维亚《拉美联合新闻报》发表了一篇文章，题目是——我只能帮你到这儿了。

记者在文章中写道：人性从最初的基本需求，最后发展到一种贪婪，这就有违人性最本质的善良，慈善不是无止境的索取。对慈善的需求，如果有违背最初的需求，那就是对人性的亵渎和践踏，那是任何人也帮不了你的。

（原载《中外文摘》2015 年第 8 期）

慈善是善良的，可是如果过了，便成了溺爱。人性是贪婪的，给予得越多，越觉得理所应当，便索取得越多，殊不知这些东西本就不是属于他的。

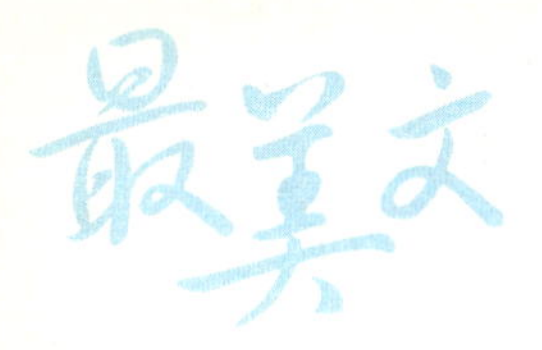

你必须跟我走

文/周月霞

爱之花开放的地方，生命便能欣欣向荣。

——梵·高

这是最末一班车了。

夏天昼长夜短。都快六点了，太阳才不情愿地往西爬。算上那个气喘吁吁跑上来坐到我身边的女孩，正好满座。司机发动车子，满意地吆喝了一句：走着!

昏昏欲睡的我，给这一嗓子嚷得清醒了许多。一个戴红色旅游帽，身材高挑而瘦削的老年女售票员俐落地跳上车。她的眉眼和影星朱琳很相似，脸上挂着矜持而优雅的微笑，她的出现骤然使我回想起当年我做客车售票员的时光。

身边的女孩笑吟吟地把票钱递给售票员，她伸手接过，呆望着女孩，笑容猛地凝住。

女孩脆生生地说："阿姨，我去邢家屯，得在三里桥下车。您别忘了到站让司机师傅停车!"

"哦，三里桥。"女售票员诺诺地应声，却紧跟着问："这个时间没有去邢家屯的班车了，你怎么回家呀，步行?"

"那个路口有很多顺风车的，总有好心人让我搭……"女孩浓密的长睫毛自然上翘，她忽闪着大眼睛，不无得意地说。女售票员欲言又止，认真看了女孩一眼，叹口气，摇摇头。我分明看到她扭过脸的瞬间，眼里噙了泪。

她怎么啦？我心底陡然生出一股好奇。女售票员却再没回头，把直挺挺的脊背决然给了我。女孩掏出手机，表情温柔而生动，嗯哦着跟男友打起电话。大体意思是说，她有生日礼物送他，她马上就到了……

太阳变成个大红球，努力着做一天最后的跳跃。公路两旁的庄稼长势喜人，绿油油密匝匝的叶子在夕阳下闪着光。大巴车陆续丢下一个个旅人，挟着花香的晚风，飘进车窗，冲淡了越来越空的车厢里的汗渍味道。

太阳落山了，天空变成灰蓝色。女孩不时向窗外眺望，三里桥快到了。女孩低头开始整理身边的几个手提袋。

那桥越来越近，桥那头的路两旁是一人多高的夏玉米，一眼望不到边，桥栏边居然停着一辆黑色轿车。

女孩吐了吐舌头，偷偷笑了笑，她在窃喜那或许是一辆顺风车。

这时候，女售票员突然转过头看了女孩一眼，似乎想说什么，却张张嘴什么也没说。已经看见三里桥的红白栏杆了，她猛地一把扯下帽子，赫然露出满头白发。她几步来到司机身后，凑近他耳边低声说着什么。司机诧异地看看她，回头瞥了一眼，又顺她的手指望向窗外，若有所思，使劲点点头。

三里桥就嗖的一下被汽车甩到身后。

“停车！我在三里桥下！”女孩噌地站起来，喊了一句。

女售票员头也不回，好像没听见。

“哎！过站啦！我要下车！”女孩急了，大声叫起来。乘客们也帮着喊：“怎么到站不给人家停车啊！听见没，啥工作态度……”

“停车，我要下车！”女孩在颠簸的车尾摇晃着，几步冲到女售票员面前。

女售票员伸出双手扶住女孩，她望着女孩，轻声说：“孩子，你别急，你自己下车，我不放心，天都黑了……”

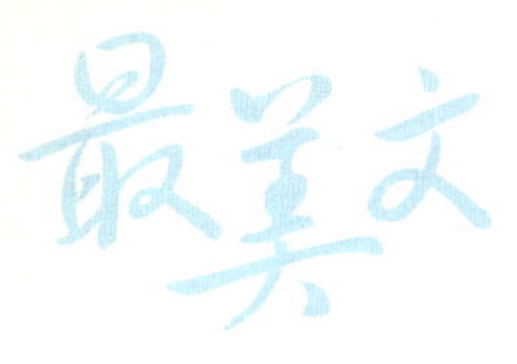

“关你啥事啊！我在哪儿下车是我的自由，我家人都在等我。停车，停车！”女孩咆哮起来。

“不行！今天，你必须跟我走！”女售票员脸一沉，声音提高了几度。毋庸置疑的语气突然使骚动的车厢安静下来，她长舒一口气，柔声央求女孩：“孩子，我不要你车钱。阿姨真的是为了你好，我送你去邢家屯！”

车厢里有旅客恍然大悟，附和着说：“是啊，闺女，晚到一会没事的……人家是好心，你就别生气了！”女孩也一下理解了女售票员的良苦用心，不再执拗，悄悄退回到座位上开始拨打手机。

女孩下车的时候，天已经完全黑了，她的男友早就在村口等候。

女售票员把脸紧贴在车门上，望着女孩远去的背影发呆。司机一边倒车，一边问：“这是今年第几个了？”

“记不清了！不好意思，又害你多走了十来里路。可我控制不住！大眼睛、长睫毛，真的太像我女儿了，还有，庄稼地，顺风车……我的青青！十年了，妈啥时才能找到你啊……”女售票员有些语无伦次地喃喃着，她颤抖着双肩，泣不成声。

我也哭了，却没有勇气说出哭得一塌糊涂的原因。十年前，也曾有个女孩在夜幕降临时独自走出我的车门，后来就失踪了。我一直自责，当时为何不坚决地对她说：“孩子，你必须跟我走！”

（原载《语文报》2014 年第 33 期）

人生有好多遗憾，因为没能及时挽留，便再也见不到彼此了。世界就是这么大，走丢了，便再也寻不见。愿所有的父母都能看好自己的孩子，不要骨肉分离。

为爱返航

文 / 佟雨航

一个伟大的灵魂，会强化思想和生命。

——爱默生

2013 年 8 月 28 日上午 9 点，一架上海东方航空公司 MU738 航班从澳大利亚墨尔本出发，正在飞往中国上海。突然，一阵急促的撕心裂肺的幼童啼哭声传来，令飞机上的乘客心下一惊，都不知道究竟发生了什么事。

正在为旅客们准备午餐的乘务长孙蓉雯，听到幼童哭声，忙不迭地向声音方向跑过去。循着哭声，孙蓉雯来到经济舱第一排，看到一位年轻的母亲怀里抱着一个 18 个月大的孩子，孩子哭声震天，手指正流血不止。年轻的母亲吓得脸色煞白，慌得六神无主，手足无措。

见此情景，孙蓉雯立刻启动旅客意外伤病处置预案，并在机舱内用广播寻找医生。不一会儿，一名护士和一名儿科医生身份的两名乘客先后赶了过来，他们主动为幼童止血、包扎、判断伤情。

根据两位专业医护人员的判断，孩子的手指受伤较重，应及时送医治疗。可是这个时候，飞机已飞行了 90 分钟，距离航班抵达上海还有八九个小时。

怎么办？是继续飞行到了上海再救治幼童，还是立即返航回到墨尔本救治？最佳方案当然是立即返航。可是，飞机上还有其他 300 名乘客，他

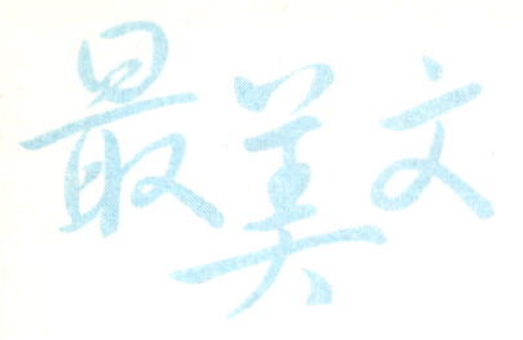

们会同意返航吗？机长感到左右为难，最后，他向飞机上的其他 300 名乘客征求意见。

“十指连心，孩子该有多疼啊，如果留下后遗症就更麻烦了！我坚决支持并同意返航。”一名 30 多岁打扮时尚的女乘客湿着眼睛说，“尽管我晚上在上海还有一个商演。”

“救人要紧，支持返航！”一位西装革履、扎着领带的中年男乘客也斩钉截铁地说，“虽然我下午要和客户签订一个很重要的合作合同。”

“对，救人要紧，我们都同意返航！”机舱内的所有乘客也异口同声地附和。幼童的伤势，牵动着客舱内所有乘客的心。

“谢谢！谢谢！我代表孩子和孩子的妈妈谢谢大家了。”机长向乘客们深深地鞠了一个躬，幼童的妈妈也满眼是泪，连连向大家鞠躬道谢。

MU738 航班在万米高空优美地划了一个 U 型，开始返航墨尔本。中午 11 点 30 分，飞机回到了墨尔本，孩子立刻被送往就近医院进行治疗。经过医生检查和治疗，伤口得到了及时妥善的处理，孩子也没有生命危险。

当 MU738 航班再次起飞飞往上海时，航班已经整整延误了 4 个小时。当航班平安抵达上海浦东国际机场时，已是当天深夜 23 点 20 分。飞机上的乘务人员和乘客拖着疲惫的身体走下飞机，但大家都毫无怨言。

作为该次航班旅客中的一员，网民“许仰东”把 MU738 航班上发生的突发事件的前后经过发到了微博上，他在微博上一连提出三个“为什么？”他说——在事发的 MU738 航班上，有不少旅客是中国商旅精英，出差、赶场、赴会、转机……时间对于他们而言，尤其宝贵。但他们却冒着飞机延误所带来的所有风险支持返航救助受伤幼童，为什么？

300 名乘客每人牺牲了 4 小时，共 1200 小时，换来了这名素不相识的 18 个月大的孩子不会残废的一生幸福。为什么？

为救治幼童而返航，东方航空公司损失的燃油等成本折合人民币约 40 万元，这还不包括飞机起降、地面服务等相关方面受到的损失。这又是为什么？

答案我想只有一个：“因为大家都怀有一颗仁爱之心——对受伤幼童的无私关爱之心。”

为爱返航，这首人间爱的赞歌，正在为世界上的人们传递着一股积极的正能量。

（原载《幸福》（悦读）2014 年第 1 期）

解救生命是这世界上最重要的事情，在生命面前，一切都得让路。

第四辑

神奇的预言

杰布和大卫顿时恍然大悟，原来约翰的预言并不神奇，它只是一盏灯，照亮了通向未来的道路。他们相信这盏灯，沿着它所照亮的路坚持走下去，这才成就了他们的辉煌。虽然知道了真相，但他们仍然非常感激约翰先生，因为是他的预言，才让他们满怀希望地走进了美好的今天。

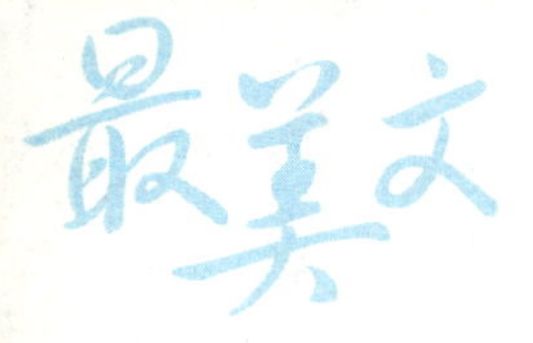

医者仁心

文 / 孙道荣

关爱，温暖了别人，升华了自己。

——佚名

每次去浙医二院看病，都会被大厅里的一张放大的老照片吸引。

老照片上一老一少，两个人面对面地鞠躬致礼。孩子四五岁的样子，穿着厚厚的老式对襟棉袄，头戴瓜皮帽，双手交叉在前，弯腰鞠躬，憨态可掬。站在孩子对面与孩子相互鞠躬的，是穿着皮鞋和西服也戴着礼帽的一位长者，他的身子几乎弯成九十度角，让人担心，头上的帽子会掉下来。

鞠躬是旧时国人间的大礼，孩子向大人、长辈、尊者鞠躬致意，是很正常的，可是，却很少看见大人、长辈、尊者，向孩子鞠躬的。细辨，老者还是一位外国人。这就更奇怪了。

老照片背后，有一个感人的故事。这张老照片，拍于100多年前，照片上的老者，是这家医院的前身广济医院的院长，苏格兰医生梅藤更，而孩子是梅医生的一名小患者。一天，梅医生清早查房时，一位小患者彬彬有礼地在病房门口向梅医生鞠躬，深谙中国礼数的梅医生也深深鞠躬回礼，这一温馨场景恰好被一名摄影师记录下来，遂成经典瞬间。

梅滕更，1856年出生于苏格兰西南部艾尔郡。1881年，25岁的梅滕更完成医学培训课程后，和结婚才两个月的新婚妻子一起来到杭州。在教会的资助下，梅滕更和他的助手建起“广济医院”，取“广济救世”之意，它就是浙医二院的前身。

梅医生在这里整整工作了45年，直到退休回国。1881年他到杭州时，医院简陋之极：没有自来水，没有电，没有药房，没有手术室，而他离任时，广济医院已经拥有了500张病床、3个手术室、住院病人4000例左右，成为全国最大的西医医院之一。

在浙医二院，至今还流传着许多关于梅医生和病人之间的温馨故事。一个广为人道的小故事，也是梅医生和一名小患者之间的。当年有个四五岁的小病人，从来不笑。冬天，他穿着厚棉袄，像个矮脚鸡，梅医生就模仿大公鸡，把腰弯下来再慢慢直起，身子尽量往后仰，学着公鸡的样子，“咯咯咯”打鸣，小病人被逗得忍不住哈哈大笑。

逗病童开心，与小患者鞠躬行大礼，这都不是一个医生所必须做的，也与医术无关，但是我相信，对这两名小患者来说，外国人梅滕更不仅是个医生，还是个慈祥的长者，在为他们解除病痛的同时，也带给他们快乐，还有平等和尊严。

在梅滕更的自传中，他提到理想的好医生应该具备3个H，即Head（知识）、Hand（技能）、Heart（良心）。知识和技能，可以治好病患的疾病，而良心，则是医患关系最好的一剂良药。

很多时候，一名好医生缺少的往往既不是Head（知识），也不是Hand（技能），而恰恰是Heart（良心）。浙医二院将这张老照片放在大厅里，想要表达的，也正是医生和患者都无限向往的那种和谐、温暖的医患关系吧。

我认识一位老医生，很难说他的医术有多高，他连正规的医学院都没上过，属于半路出家，但是，周边的老人都喜欢找他看病。我也陪家中的老人去找他看过病，检查完了开好了药，他都会让病人到药房拿了药之后

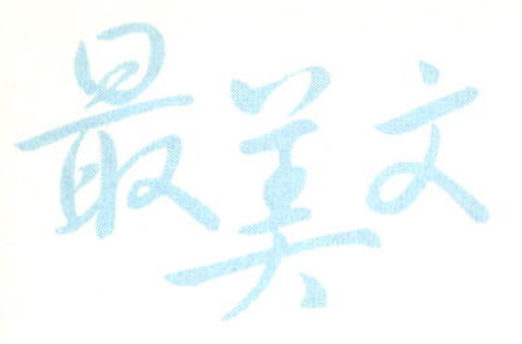

再来一趟，告诉病人，哪个药是饭前吃的哪个药是饭后吃的，吃药期间有什么忌口啊等等。末了，再叮嘱几句，别贪凉，莫吃生食，不要再抽烟了等。病人一一记住，连声道谢而去。对每一个病人，他都这样不厌其烦。

老医生所做的，其实就是比别的医生多嘱咐了那么一两句话，这句话，未必治病，但肯定温暖人心，有时候，甚至比药还管用。

（原载《思维与智慧》（上半月）2015年第6期）

有时候医术甚至不是第一位的，而是爱心，一个心怀爱心的人，一定是对患者负责的。

我的表哥

文 / 水玉兰

江水三千里，家书十五行。行行无别语，只道早还乡。

——明 · 袁凯

不是所有的记忆都会被时光漂白或淡化，比如感恩，比如歉疚，我对金贵的怀念就属于后者。

一

金贵是我表哥，他在世时我们兄妹从没喊过他，都以“哎”替代。我们轻视他，为他这么多年来对我们家庭造成的拖累和父母间的不合。这种轻视从少年一直持续到我们长大。

金贵娘是我姑姑，姑父刚去世那会儿，生活困顿的姑姑，隔十天半月就拖着四个孩子，步行二十多公里从乡下到县城我母亲这里蹭几餐饱饭。

饭桌上，金贵像饿死鬼投胎，总是嘴里的菜没咽下，筷子已经夹住新目标，惹得抢不过他的两个姐姐大哭，母亲多少有点不高兴。后来，姑姑再来，便想法子哄骗金贵留在家里，常常是姑姑前脚刚进门，后脚悄悄跟上来的金贵就把门砸得咚咚响。

姑姑走那年，金贵刚 12 岁。据说姑姑走的头一天，还举着笤帚满村追打金贵：金贵趁姑姑不注意，把弟妹手里的蜀黍饼子又抢吃了。

因为吃，金贵不知被打过多少回，但每每好了伤疤忘了疼。那晚抵御不住寒冷的金贵已做好思想准备——挨揍，奇怪那晚姑姑非但没打他，还给他留了一碗可照见人影的稀粥，没有挨打的金贵带着百思不解的困惑很快睡熟。早上被妹妹弟弟的哭声吵醒，他爬起来喊娘，却怎么也喊不醒娘。

父母接到噩耗，冒着漫天大雪赶到乡下，看到平时混球似的金贵痴傻傻地撑着胳膊像只笨拙的母鸡搂着腋下三个不停哆嗦的弟妹守在母亲的遗体前。母亲的眼泪哗一下出来，像屋外漫天飘舞的雪怎么也抹不干净了。

姑姑入土了，金贵的三个叔叔经商量，每家领养一个，六岁的表姐送人。金贵听了，已经有几天没开口的他撒起泼来，满地打滚放赖。三个叔叔一看，转身都走了，滚了一身泥水的金贵没趣地自个爬起来。

半夜，母亲被剧烈的砸门声惊醒，打开门，看到屋外雪球似的金贵。第二天父亲带金贵赶到村里，小表姐已被抱走。金贵听到，嗷嗷叫着把二叔家水缸里的水瓢摔在地上又上去补上几脚。父亲害怕再出意外，表示我们家每月愿出 30 斤供应粮贴补，但以后凡事须跟他这个做舅舅的商量。

二

为这 30 斤供应粮，父亲申请到基层上夜班。每月可多 6 斤粮票补贴。差口还差一大截，金贵隔三差五拉着弟弟上门，母亲把左右邻居家粮票几乎都借遍了。在外面吃了脸子的母亲开始拿脸子给金贵看，和父亲不断发生摩擦。金贵对这些不闻不问，好像跟他不相干。

一次母亲闹大了，收拾衣物要回娘家，两个姐姐扯住母亲的衣襟嚎啕，金贵像明白过来，背起四毛一摇一晃地走了，隔了大半月没有来。父亲送粮食到乡下，回来告诉母亲，金贵被他三婶用锅铲砍伤了肩膀，收留小表哥的三婶把蜀黍饼藏在柜里，一天三顿菜糊的四毛瘦成了人干。

不知金贵是如何发现柜子里的秘密，趁三叔三婶上工，用斧子砸坏柜门，偷出饼子喂弟弟，差点没把四毛噎死。

没几天，金贵拉着两个弟弟再次上门。母亲查看金贵肩膀上的伤口，眼圈红了，金贵拱进母亲怀里。母亲摸着金贵的头叹气：唉，自己的亲爹都没法顾了，上辈子欠了你们的。从此，金贵又开始了隔三差五地上门。

金贵十三岁，在父亲争取下和几个堂弟兄一起上学。刚上几天，没人照看的四毛掉进门口的水塘，所幸及时捞起，金贵自此再也没去过学校。

已经五岁的四毛有轻微的智障，常被村里孩子恶作剧，金贵为这经常打架。金贵打架够种，伤得再重也不哭。时间久了，村里孩子真有点怕他，不敢轻易耍弄四毛了。

一晃，金贵十六岁，一次为四毛与三叔发生争执，负气把两个弟弟接回了老屋。除了不识字，金贵其他方面都很能干。尤其逮鱼摸虾，让成年人都眼红，此后几年，金贵靠此为生。

二毛初中毕业，被村里推荐去了部队，金贵得瑟得不得了，卖鱼时总不忘告诉别人自己是军属。

三

金贵进城卖鱼，大多在我家蹭过午饭再回村。却很少舍得把自己逮的活鱼带两条过来，即使带，也是卖剩下的鱼渣。

有阵子，金贵常常是人没进门，歌声先飘进来，只是那歌声难听，偏偏金贵每次唱完，都要虚心地问我和三哥：大哥唱得好听吗？我和三哥不理。没想到一贯会算计的金贵，竟奢侈地掏出几块水果糖，高举着一定让我们回答。我和三哥眼巴巴望着糖只好说些“昧良心”的话。

后来金贵三婶进城，我们才知道金贵大方是因为和村里一个姑娘相好了，种子刚萌芽，就被姑娘的父母发现连根拔了。姑娘的父亲指着金贵的

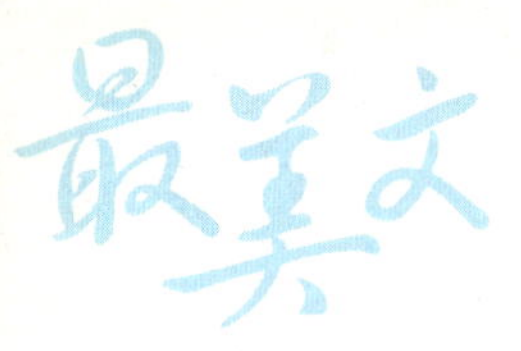

鼻子恼怒地说：看你那穷样，还敢打我闺女主意。金贵为之失落了很长一段时间。

转眼几年过去，母亲看见金贵二叔、三叔的孩子相继成亲，便托乡下表姨给金贵张罗。表姨为难地说瞧他那四面漏风的房子，说也白说。

金贵知道后，恨不能 24 小时耗在水塘边。三年后，金贵拿出卖鱼挣得的全部积蓄和父母的资助又借了一部分，在老房子前面建起了二间新房。房子刚建好，前后来了两个媒婆，一个给金贵说，一个是给刚退伍的二毛介绍的。

二毛和那姑娘谈了不到半年，媒婆上门捎话，那姑娘的奶奶病重，想赶在年前把事办了。二毛眼巴巴地望金贵，金贵愣怔了下，反应过来，把手里编了一半的鱼篓猛地掼在地上，气咻咻冲二毛喊："想占新房是吧？自己盖去。"二毛闷声不语。

新房最终给了先办事的二毛，结婚那天，父母喝完喜酒，不见了金贵，找了半天，在一处墙根下找到呼呼大睡的金贵。母亲担心他酒后受凉便伸手拍，没想到金贵搂住母亲的胳膊嘟囔着喊娘，母亲愣在那里半天抽不回手。

没几日，金贵谈的那姑娘家人让媒人捎话过来，盖得起房过年就办事，盖不起房就不要互相耽误了。金贵的婚事就这样黄了。

结过婚的二毛，知道新房来之不易，努力发挥它传宗接代的作用，一连气生了三个孩子。升做大爷的金贵，和升做父亲的二毛一样充满成就感，这种成就感让金贵攒不住钱。眼看金贵三十好几，母亲急了，让金贵实施分批建房计划，今年备黄沙砖瓦，明年准备水泥木头。

四

材料总算备齐，金贵打算过年后开工。有了盼头的金贵却日渐消瘦，架不住二毛劝去了医院检查——乙肝伴轻度腹水，住院押金要交两千。为难的二毛找来我们姐妹，让我们劝劝心疼钱死活不愿住院的金贵，还有……钱没带够。我和姐姐劝金贵身体比钱重要，掏口袋凑钱。

二毛排队缴费去了，金贵抱头蹲在墙角发呆，嘴里咕哝着：咋这么倒霉？咋这么倒霉？我和姐姐一旁安慰。金贵忽抬头盯着我们：钱可是你们自己愿意掏的……我和姐姐互相望了眼，心里老大不痛快。

为这话，金贵住院期间，我们一次都没去看他。一次替父亲送棉被，金贵看见我，显得受宠若惊，忙用衣服擦了凳子招呼我坐，我推说有事。金贵看起来有些失望，张张口最终什么也没说。

事后才知道那天上午金贵和医生吵架了，金贵接到一张单子，同病房的病友告诉他是催款单，一千元。金贵的火气蹭地喷出来，找到医生办公室嚷起来：你们是医院还是山寨，才几天又要交钱？正吵得热火，二毛赶到赔不是，请求先吊水，明天送钱过来。

第二天上午二毛送钱过来，脸上挂着几道抓痕，这让金贵感觉很没面子，骂二毛窝囊，被老婆抓伤还好意思出门。被骂的二毛感到委屈，负气说：再交钱，只好抵院中的材料了。金贵叫道：你敢！看我不揍扁你，你是饱汉不知饿汉饥。金贵的话让同病房的病人忍不住都笑了。

半个月后，金贵出院来还棉被。父亲见他气色很差，嘱咐他回去按时吃药，以后不能再拼命干了。金贵木木地答，我这病就是废人了。

母亲以为金贵心疼钱，拿出五百元塞给他回去滋补，金贵推辞不要，直到父亲发火才收起。金贵走后，母亲在院中窗台上发现那五百块钱，母亲心里忽有种说不出的感觉。

金贵回去第三天，金贵三婶的儿子柱子一大早赶来，没等父亲开口招呼他坐，柱子就拖着哭腔：金贵哥走了，父亲跌坐在椅子上……

金贵是喝农药走的，回去的两天时间，金贵每天靠着材料坐在院中晒

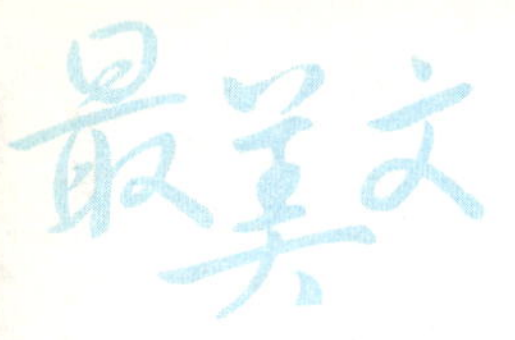

太阳。第三天早上，早起的柱子发现身体已经僵硬卧在塘埂上的金贵，旁边放着空了的农药瓶子。不知谁从金贵的口袋里翻出医院的催款单，二毛当即泪水滂沱。

直到父亲去世，我们姐妹也没敢把催款单的事说出来，我不知道天堂里的金贵和父亲重逢后会不会说。十几年过去了，这种猜测一直在我心里萦绕，萦绕……

（原载《语文报》2013年第9期）

我们总是亏欠了某些人，寒心了某些人，愿那些善良的人，在另一个世界，安好，安好！

欠你半袋苞谷面

文 / 顾晓蕊

淡看世事去如烟，铭记恩情存如血。

——佚名

1945 年的深秋，一个十四五岁的少年背着竹篓，沿着崎岖的小路走进山林。父亲去世得早，家里有多病的母亲和年纪尚小的妹妹，因而，他孱弱的肩上早早地扛起生活的重担。他在山林里转来转去，想找些可以果腹的食物。

然而，正赶上饥荒年，丛林中可充饥的野菜、草根，大都被村民们挖了去。他在林子里转悠了半天，只采到很少的山野菜，他又累又饿，坐在一块大石头上歇息。

抬头向远处望去，薄雾笼罩的丛林中有一处山谷，当地人称空幽谷。据说四周危崖耸立，怪石嶙峋，且有凶猛的野兽出没，村里人都不敢进入那片山林。他脑子里突然冒出一个想法，那里或许能找到些吃的。

早上临出门时，妹妹拽住他的衣角哭，嘴里喃喃地说："哥哥，我饿。"她的头发乱蓬蓬的，身子瘦得像根细竹竿，走起路来直晃悠。想到这里，他不由得鼻子一酸。最终，饥饿战胜了恐惧，他站起来，向山林深处走去。

少年拖着疲惫的身子，走走歇歇，不知过了多久，他终于来到一片寂

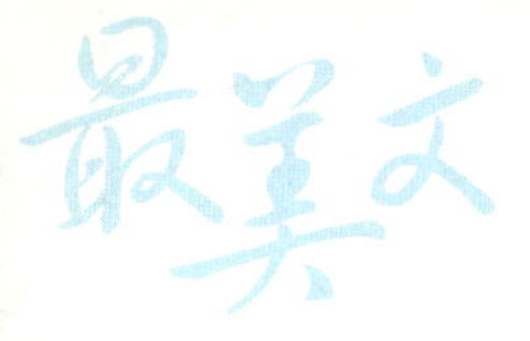

静的密林深处。

他边走边东张西望，用树枝胡乱地拨着草丛，忽见地上冒出来些蘑菇。少年心中大喜，忙走到跟前，弯下腰去采摘蘑菇。不料脚下一滑，他感到天旋地转，整个人向山坡下滚去。待回过神来时，身体已被一截树杈拦住。

只觉腿上一阵剧痛，他低头一看，血顺着裤腿淌出。少年咬牙忍着锥心的疼痛，脚步蹒跚地向上爬去，费了很大的劲才爬到坡上。

他倚在一棵树下，大口大口地喘着粗气。就在这时，不远处传来一声声惨叫，那声音阴森诡异，听得人汗毛直竖。少年吓得面如土色，身体蜷作一团。

片刻后，更可怕的事情发生了。草丛里露出一双发着绿光的眼睛，凶狠的目光直直地盯着他，那是一匹毛发灰黑的野狼。少年眼中布满惊恐，想要逃跑，却浑身瘫软。

野狼猛地跃起向他扑来，他绝望地闭上了眼睛。在这危急时刻，只听“呯呯”两声枪响，待他再睁开眼时，只见狼应声倒下。回头看去，树后站着一位老猎人，手里端着一支猎枪，是他及时扣动了扳机。

这位头戴毡帽、须发花白的老人，一脸惊奇地问道：“你这个男娃子，胆子也忒大了点，怎么跑到这荒谷里来了？”少年仍惊魂未定，浑身直打哆嗦，结结巴巴地讲了他的经历。

那老人手捻着胡须，若有所思地说：“这会儿天色已晚，你的腿又受了伤，今晚就去我那里暂住一晚吧。”他感激地应道：“我听您的话，就是给您添麻烦了。”老人肩上扛着猎物，搀着受伤的少年，来到一间破旧的木屋里。

老人给他的腿上涂了些草药后，便到灶前烧火做饭，一股浓香从锅里飘出来，袅袅的香气直钻入少年的鼻孔。过了一会儿，一大碗冒着热气的肉汤摆到面前，少年眼睛一亮，端起碗来吃得满嘴流香。老人一脸慈爱地看着他吃完，又铺好床，让他安然地睡下了。

第二天吃过早餐后，老人装了半袋苞谷面，还包了一大块狼肉，让少年带回家当做过冬的食物。随后，又亲自将少年护送出山谷。老人站在一处土坡上，目送他离去，少年走出好远再回头看，老人如一尊身披霞光的雕像。

“儿啊！”母亲急急地迎上前说，“你昨晚去哪里了，娘担心得一宿没睡。”他讲了这一路的奇遇，母亲眼里闪着泪光说：“你遇到了‘活神仙’，咱们全家都要记得他的恩德！”

多亏了那些带回来的食物，少年与家人才能勉强度日糊口，熬过那个异常寒冷的冬天。

两年后的一个秋日，在母亲的催促下，少年背着新磨的半袋苞谷面，又一次走进了山林。他凭着记忆一路摸索，来到老人的木屋前，只是人去屋空，老人已不知去向。

几十年一晃就过去了，当年的莽撞少年，成了满头白发的老者。他的儿子走进一座大城市，成为一名机关干部，并已在城里娶妻生子。这位老者就是我的爷爷，少年遇狼的故事，是我从父亲口中听来的。

那几年，逢上村里集资建桥、重修校舍，爷爷就打来电话让父亲资助，父亲在电话这头诺诺应道。没过几天，一张载满爱意的汇款单便寄往山村，父亲说钱不在多少，只是为了尽一份心意。

村里有人到城里看病或办事，经常会按爷爷给的地址找上门，托父亲帮忙。父亲每每笑脸相迎，尽量抽出时间帮着张罗。我对此有些不解，父亲笑呵呵地说：“都是乡里乡亲的，能帮上忙的尽量帮。更何况你爷爷一直有个遗憾，我这是为他偿还心中的那份亏欠。”

日子越过越好，父亲想把爷爷接到城里来享享清福，可爷爷却婉言回绝，说在乡下住惯了。两年后的一天，接到老家打来的电话，说爷爷得了重病，经查已是肺癌晚期。

我们一家人匆匆地赶回老家，躺在病床上的爷爷已气息奄奄。父亲俯在他床边轻声说：“爹，你想吃点啥？”没想到爷爷说：“我……想喝碗玉米糊糊。”

当满满一碗玉米粥端上来时，爷爷颤巍巍地伸出手来，忽又无力地垂了下去。众人齐齐地扑通跪倒在床前，顿时悲声四起。顺着爷爷手指的方向，家人忽然明白了，欠下的半袋苞谷面，成为老人一生未了的心愿。

（原载《思维与智慧》（上半月）2014 年第 3 期）

我们都在付出和收获的路上，不能丢的，唯有一颗感恩的心。记得那些帮助过自己的好人，并用一颗善良的心去对待别人。

最珍贵的不是画

文 / 凤凰

夜把花悄悄地开放了，却让白日去领受谢词。

——泰戈尔

刘利民不是画家，却整天想着画画，整天就知道画画。虽然他画了不少画，却一直没有成名，命运好像一直在跟他开玩笑，现在他家徒四壁，不得不抱着画出去卖。

刘利民走出村子，走进了城里。一进城，他就走进了一家商店。他一走进商店，老板就赶紧上前笑脸相迎，连忙问他买什么。刘利民说:“老板，我不买东西，我是来卖画的！”

老板看了刘利民一眼，说道：“卖画？我不买，去去去！”老板说着就冲他挥手。看老板不耐烦的样子，刘利民打开了自己的画，说道：“老板，你看看，我画得很好，你就买一幅吧，我只收你十块钱……”

老板再一次挥挥手说：“去去去，就是一分钱，我也不买！什么破画，还想拿来卖钱！”说完，老板把脸转开，再也不看刘利民一眼。

刘利民心里那个气，没法说，眼泪差点都掉下来了。不买就不买吧，也用不着这么打击人啊！破画？这是破画吗？这些画，哪一幅都是刘利民花了心血，精心画出的作品。刘利民抱着画，退出商店。然后他去了下一家商店，结果，他同样遭到了拒绝。一上午，刘利民走了十几家商店，不但一幅画没有卖出去，还遭到了一次又一次的嘲笑。

无精打采的刘利民准备回家了，这时，他看到前面一家商店的老板正看着他，他想，不如再去问问他吧。现在他太需要钱了，他得抓机会卖画。

刘利民走了过去，他说："老板，买幅画吧！虽然现在我不是画家，但将来我会成为画家的，我成了画家，画就很值钱了。现在我只卖十块钱，你就买一幅吧！"刘利民说着把手中的画递了过去。

老板接过了刘利民的画，打开看了看，然后笑着说："你画得很不错啊！十块钱，太少了，这样吧，我给你一百块钱，这画我要了！"老板真是爽快，把画收起来，然后就给了刘利民一百块钱。刘利民捏着钱，连忙对老板说道："谢谢，谢谢！"刘利民太激动了，太兴奋了，他的画居然卖出去了，而且还卖了一百块钱，这是对他的肯定啊！

卖出去的这幅画，给了刘利民帮助不说，还给了他巨大的信心，让他坚持了下来。十年后，他终于成为了一名著名的画家。这时的他，有了别墅，有了豪车，而且每一幅画都价值不菲。当然他不再轻易画画，也不再轻易出售。这时，与他交往的，都是达官贵人。而想得到他画的人，更是排起了长队，可是他却一概拒绝，重金也难求一幅画。

既然从刘利民手中得不到他的画，于是人们就从别的地方购买。有一天，刘利民听说有人手中有他早期的作品，而且是他卖出去的第一幅画，找那人买画的人络绎不绝，个个都出价很高，但全都被拒绝了。这时，他想起来了，他的第一幅画卖给了一个商店老板。他想，那是早期的作品，还是卖出去的第一幅画，太珍贵了，得把它买回来！

刘利民经过多方打听，终于找到了那位老板。此时，老板已经成了一个老人。刘利民告诉老人，自己就是当年的那个年轻人，当年，他帮了自己，现在，自己拿两幅画来换那幅画。老人说："换啥换？我把它给你就是了！"老人找出那幅画给了刘利民，刘利民见老人不肯收这两幅画，便问老人：“大家出那么高的价，你为什么不卖啊？”

老人说：“我卖它干啥？换钱吗？它可是你早期的作品，画得不怎么好，我要是卖出去了，一传开，大家就会笑话你。我可不能让人笑话你，你是名家啊！要是一笑话你，说不定你的画就不那么值钱了，那我不是毁了你吗？”刘利民不由吃了一惊，原来老人捂着这幅画不卖，并不是为了惜售，为了赚钱，而是为了他的名声，为了他的未来。

刘利民说：“当初你买我的画，并不是为了留着赚钱？”老人笑着说：“当然不是。那时，我看你连进十几家店都一无所获，我怕你经不起打击，才出高价买了你的画。现在，你成名成家了，我很高兴，我帮对人了！”刘利民感动地说：“谢谢您！是您成就了我！”他决定改天登门送老人十幅画，因为，最珍贵的不是画，而是老人的善良。

（原载《经典阅读》2014 年第 5 期）

有些爱是无声的。感谢那些默默支持自己人吧，如果没有当初那些无声的鼓励，恐怕就没有今天成功的自己。

1 条微信，10101 元

文 / 王举芳

应该让别人的生活因为有了你的生存而变得更加美好。

——茨巴尔

暑热流火，热浪侵袭，一个女子行色匆匆，得知父亲在青岛阜外医院做心脏搭桥手术，在重庆工作的她请了假，赶到医院陪护。

父亲的手术很顺利，让她十分欣慰。一天，她到相隔不远的一间病房聊天，看到新来了一个小女孩，女孩看上去很瘦弱，但一双大眼睛忽闪忽闪的，透明而清澈。一个面容沧桑的男人忙前忙后地照顾着女孩。

她与男人闲聊得知：女孩叫明月，今年 6 岁，是去地里干农活时捡回来的，便收养了她。明月自小身体不好，带去医院检查才知道，原来她患有先天性心脏病。有人劝他们把明月送到孤儿院，以免给贫困的家庭雪上加霜。但他们还是坚持把明月留了下来，他们觉得明月是上天赐予他们的礼物，即使她有病，需要自己倾家荡产去付出也愿意。

因为先天性心脏病，明月坐自行车被风吹一下就会感冒发烧。因为身子弱，她平日吃不了肉食，只吃一点面条和素菜，这让她更加瘦弱。看着一天天受疾病折磨的明月，一家人拼凑了 1 万元钱，让父亲带着明月来青岛治病。

一天在食堂，她碰到了明月的父亲，见他只要了一个馒头，就着清水吃下去，她说："您一点菜都不吃吗？"他不好意思地说："钱省下来给明月看病，我吃好吃孬都不是事儿。"说着嘴角勉强挤出一丝笑容，他起身离开的时候，轻轻地叹息了一声。这一声叹息，让她有一种冲动——她要帮帮这个年近60岁、为了给养女治病艰难度日的父亲。

她偷偷找到明月的主治医生，得知手术费需要3万元左右。可是她自己一下子也拿不出这么多钱，何况自己的父亲还没有完全康复，怎么办呢？思来想去，她突然有了主意，一丝笑意划过她的嘴角。

"在医院新认识了一个小朋友，她叫明月，今年6岁，患有先天性心脏病，出生七八天就被亲生父母抛弃了，被临沂一对农村夫妇收养。本周要做开胸手术，可是手术费还没有凑齐，他们家经济条件非常不好……"6月30日，她在自己的微信朋友圈里，第一次将明月的故事发了出去，同时也在同事微信群里说了这件事。

没有想到的是，信息发出后没多久，朋友们都开始询问明月的情况，第二天，朋友们就开始给她汇钱了，少的100元，多的1000元，有的想捐款，但不能立即把钱打过来，她就先按他们要捐的数额垫上。短短一天，就有十几个人捐款，连同她自己捐的1000元，总共是10101元。

拿到钱后，怎么给明月的父亲呢？如果明着给，她害怕会给他造成不必要的压力和负担，好事也许会变坏事。她又想到了一个办法，再一次找到明月的主治医生，要到明月的住院号，把钱存了进去。那一刻，她如释重负般，心里感到无比轻松。

她细心关注着明月的住院花费情况，就怕钱不够耽误手术。明月家里带的钱和捐的钱加起来总共2万元，还剩1万元没有着落，凑不够手术所需的3万元明月的手术就不能按时做，怎么办呢？她很着急。7月1号，明月被推进了手术室，她很高兴，也很奇怪，原来是医院从中韩医疗团申请了1万元的补助。这下她安心了。

她像亲人一样焦急地在重症监护室外等待，终于，明月能吃第一顿饭了，她比中了头彩还高兴。她给明月买了各种学习用品和玩具，有空的时候还陪她聊天，她说，孩子心情好才能恢复得快。

她叫麻玮，来青岛陪床，偶遇患有先天心脏病的女孩，发微信引来十余朋友捐万元善款，将爱心汇聚。她是烟台龙口人，目前在重庆从事媒体工作。

1 条微信，10101 元，一个姑娘，一片爱心，就像炎夏中一碗清爽冰凉的柠檬茶，带着诱人的味道，化解掉陌生和病痛，将美好扩散。陌生人之间的关爱，难能可贵，与利益无关，体现的却是人与人之间纯如白雪的人间至爱。

（原载《晚报文萃》2014 年第 11 期）

一条微信，虽是举手之劳，可却会引起许多好心人的共鸣，每个人献出一点爱，就汇聚成了爱的海洋。

小冰棍儿

文 / 闫荣霞

如果没有乌云，我们就感受不到太阳的温暖。

——约翰

“小冰棍儿”守在急诊室外的塑料长椅上，浑身发抖，两手冰凉。因为姥姥在里面。

小冰棍儿是人家给她起的外号，15 岁的女孩，几乎从来不笑。

白大褂来到跟前，她抬起头，医生严肃地说：“……”“扑通！”小冰棍儿晕倒了。

他还什么都没说呢。

当她醒过来，发现自己躺在沙发上，白大褂正写病历，看她醒了，直截了当：“你姥姥的……”

“你姥姥的！”小冰棍儿嘴快地回了过去。

医生笑喷了：“我是说你姥姥的病……没事了，去看看她吧，203 病房。”

小冰棍儿上学去了，医生来到姥姥的病床前，然后，知道了小冰棍儿父母早逝，姥姥靠捡破烂供她读书。从失去父母时起，她就不会笑了。

于是，姥姥出院那天，小冰棍儿发现这个笑起来有点贼贼的医生开着车等在门口。小冰棍儿警惕地看着他，他慢吞吞地说：“上车吧。”然后把她们送回家。

后来，他请她们到他家做客，他家客厅里挂着一张照片，照片上的人

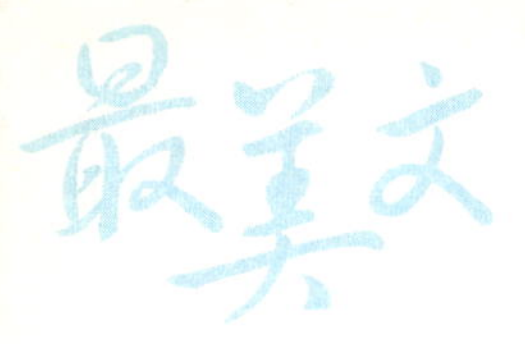

和小冰棍儿出奇地像。这是医生的女儿，比小冰棍儿大三个月，去年因病去世，医生的妻子怕睹物思人，出了国，家里只剩下他一人。医生说：见到小冰棍儿的时候，他觉得是女儿又回来了。

后来，他就常常来小冰棍儿家，每次都带些补品，又给小冰棍儿买辅导书。

一天早晨，姥姥闭上眼睛，再也没有睁开。当大叔医生赶来的时候，小冰棍儿抱着姥姥，神情呆滞，一动不动。医生慢慢蹲下身子，握住小冰棍儿冰凉的手指，在她耳边轻轻说："小冰棍儿，姥姥没有吃苦。她走得很安详，没有吃苦。"

他反复地、温柔地、一遍一遍地说，直到小冰棍儿干涸的眼睛渐渐流下眼泪，一滴，两滴。

半年后，小冰棍儿考上大学。四年后，她以优异的成绩毕业，开始用自己的工资还助学贷款。"爸爸"医生——姥姥去世后，医生成了她"爸爸"——本来要供她读书，被她拒绝了，她想靠自己的努力走好自己的人生。

小冰棍儿拿到第一个月的工资，想去拜祭一下姐姐，医生尴尬地笑。"啊……"他说，"那个，其实吧，我根本没有结婚，也没有女儿。墙上挂的是你的照片。我想帮你，又怕你害怕，就想了这么个笨办法……"

小冰棍儿瞪着他，不说话，空气仿佛都凝结了。

渐渐的，她开始笑，医生也开始笑。

两个疯疯癫癫大笑着的人仿佛是两朵开在春天里的花。

（原载《文学少年》（初中版）2014 年第 3 期）

世界是暖的，人心也是，我们每个人都有责任宣扬这种小善。那些善意的谎言对于世界来说真的很温暖。

迟到的儿子

文 / 李代金

无言的纯洁的天真，往往比说话更能打动人心。

——莎士比亚

飓风桑迪袭击了纽约，造成整个城市停水停电，而且致使大半个城市处于积水之中。许多房屋被淹，许多人需要救助，全城的消防人员紧急出动，展开营救。消防员汤姆得到消息，多莉太太家被淹，需要人去救她。

汤姆赶紧划着冲锋舟前去多莉太太家，但多莉太太的家门紧闭，怎么也推不开。原来，多莉太太在屋里反锁了门，汤姆只好大声叫她，她才来打开了门。多莉太太的家里已经淌满了污水，汤姆扶着多莉太太就要离开。

可是多莉太太却不肯离开，她反而往屋里走。汤姆告诉她待在屋里十分危险，他必须带她离开这里。多莉太太说要离开可以，但她必须先找到相片。原来，多莉太太早就可以离开家，只是她一直在找一张相片，一直没有找到，这才一直待在家里，由于担心相片被水冲走，她才关紧了门。

对于一个正常人来说要找一张相片，当然很容易，可是对于失明的多莉太太而言，在一片狼藉的屋里找相片，那就太难了，简直像大海里捞针。

汤姆听说找相片，急了："这都什么时候了？你还找相片？赶紧走吧！"汤姆一把抱住多莉太太，就往屋外走去。可是，多莉太太却拼命挣扎，嘴

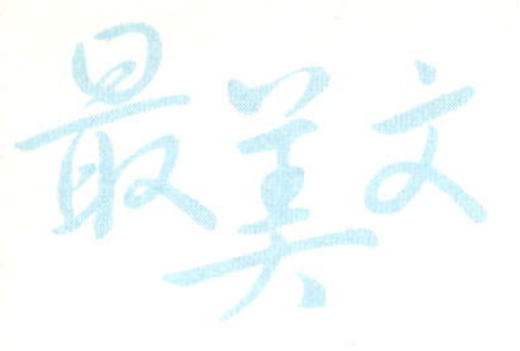

里还叫着我不走我不走。虽然汤姆力气大，但也被多莉太太折腾得够呛，差点摔了一跤。

到门口时，多莉太太一把抓住门框，死死不肯松手，还叫汤姆放下她。汤姆见此，只好放下了多莉太太。他知道，如果不找到那张相片，多莉太太肯定不会走，即使强行把她带走，她也会跑回来。

汤姆想，这张相片肯定有故事，于是他便问了多莉太太。多莉太太告诉他，她的儿子戴维斯很多年前失踪了，从此杳无音信。她十分想念他，不知道儿子是否还活着，她常常为此流泪，最终眼睛失明了。

相片上的是她儿子，那是儿子留下的唯一的相片，只有凭相片才可以找到她的儿子，所以相片不能丢失。原来如此，相片的确非常重要。汤姆赶紧在屋里找相片，可是到处一片狼藉，虽然汤姆眼睛明亮，但也很难找得到。

汤姆一间屋一间屋地找，找遍了整个屋子，还在污水里摸遍了，也没有找到那张相片，说不定相片已经被水给冲走了。这可怎么办啊？没有找到相片，多莉太太就不肯走啊！汤姆急得都快掉泪了。

突然，他笑了，他身上有一张卡片，不如就骗一回多莉太太吧。想到这里，汤姆掏出了那张卡片，他兴奋地叫道："找到了！找到了！"听说找到了相片，多莉太太笑着伸出了手。汤姆赶紧把卡片塞给了她，多莉太太捏着卡片笑了。

汤姆见多莉太太笑了，便上前扶着多莉太太走出了屋子。上了冲锋舟，多莉太太对汤姆连声道谢，说多亏了他，要不是他，自己怕是找一整天也找不到相片。多莉太太还告诉汤姆，如果找不到相片，她宁愿死在屋里，也不愿意离开。儿子是她的一切，这张相片也是她的一切，她要和相片在一起。听多莉太太如此说，汤姆知道，她真的太想儿子了。可是这么多年过去了，她的儿子还没有回来，是死了吗？汤姆真希望他还活着。

一周过后，汤姆在报纸上看到了多莉太太的寻人启事，原来，她又在寻找儿子，据说这已经是她第五次登启事寻找儿子了。这次，多莉太太为了登寻人启事，花费掉了她所有的积蓄。她说她将不久于人世，她唯一的希望，就是能够见儿子一面。

汤姆希望戴维斯活着，希望他能看到这个消息，能回家看看自己的母亲。如果他再不回来，那么他可能永远都见不到多莉太太了。如今的多莉太太，因为病痛的到来已变得不堪一击了。

这天下午，汤姆和同事们聊天的时候，一个同事拿着报纸，说到了多莉太太的寻人启事，说戴维斯早就死了，是救人时在河里淹死的，还说许多人都知道他死了，但没有人告诉多莉太太真相，怕她经不起这个打击。因为戴维斯是她唯一的亲人，是她活着的唯一希望。

汤姆听了很难过，他早就怀疑戴维斯死了，果然是死了。他死了，可是年迈的多莉太太，她可不能死啊！想到可怜的多莉太太，汤姆的眼里一下子就涌出了泪水。

黄昏时分，一个男人走进了多莉太太的家。他一走进屋就叫着："妈妈！妈妈！我回来啦！"多莉太太听到叫声赶紧走出来，她什么也看不见，但她听到了脚步声，她感到有一个人正一步一步地走近她。终于，那个人走到了她的身边，然后紧紧地抱住了她。

多莉太太的眼里有了泪水，哽咽着说："孩子，你可回来啦！妈妈想你！妈妈想你！""妈妈，对不起！我回来得太迟了！以后，我再也不离开您了！"此刻，说话的人正是汤姆。

（原载《语文报》2015 年第 6 期）

我们大概经常也会这样骗骗别人，为的是让别人安心；也大概会被别人骗到，为的是让我们安心。

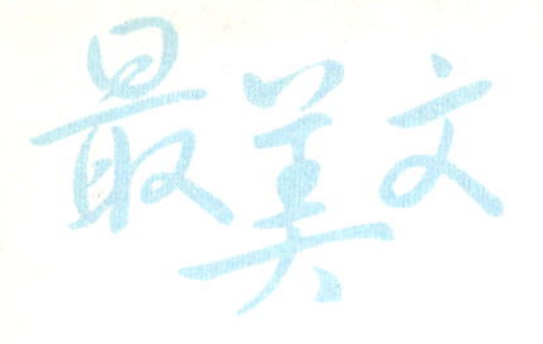

波特的儿子

文 / 追梦人

慈父之爱子，非为报也。

——淮南子

波特年纪大了，他几乎每天都待在家里，很少出门。需要买点什么，就打个电话给邻居赫本，让赫本替他带回来。赫本是个热心人，自从搬来和波特成为邻居后，就对波特无微不至，把他当家人看待。波特看在眼里，喜在心里，十分感激，说要是儿子有他这么好就好了。波特告诉赫本，他有一个儿子，一直在外，他很想念儿子，但儿子却总是不肯回来。赫本让波特别担心，说他的儿子不回来，自己就当他的儿子，好好照顾他。

这天，波特在家里闷得慌，不想麻烦赫本，便自己拄着拐杖出门准备散散步。可是刚走出家门不远，他就滑了一跤，跌倒在地上，痛得晕了过去。赫本当时正好在家，听到波特的惨叫声，赶紧跑出门来，见波特倒在地上一动不动，连忙拨打了急救电话。很快急救车就来了，把波特接到了医院，经过医生的全力抢救，波特被抢救过来了，但他人却神智不清。自从波特住进病房后，他就不停地叫着："儿子！儿子！儿子……"

赫本听到波特叫儿子，心里一紧：波特太想他的儿子了！可是他的儿子到底在哪里呢？他可从没告诉过我啊！赫本想也许波特的家里有他儿子的电话。赫本赶紧回到波特的家，他很容易就找到了波特的电话簿，他翻了翻，认为有几个人可能是波特的儿子，便连忙拨打过去，可是他们都说自己不是波特的儿子。打完了电话，赫本心想：他们真的不是波特的儿子吗？他们得知波特因为摔倒了住院了，可能怕麻烦自己，不愿意承认吧！

赫本叹了口气，无奈地又回到了医院，他又听到波特在叫着："儿子！儿子！儿子……"赫本听了心里很不是滋味：波特太想他的儿子了！赫本决心满足波特的愿望。当天晚上，赫本把一个男人带进了病房。男人一进病房便扑到波特身边，一把抓住波持的手，眼含热泪，激动地喊道："爸爸！爸爸！爸爸……"波特虽然神智不清，但他却听到有人叫他爸爸，他面带微笑地说："儿子！儿子！儿子……"

看到这一幕，赫本笑了：波特终于不用再想儿子了，儿子就在他的身边！这天晚上，波特的儿子在他身边守了一夜。第二天一早，儿子走了，儿子走时说他很忙，以后有空再回来看他。此后，儿子再也没有出现过。倒是赫本请了假，不去上班，天天守在波特身边照顾他。儿子来过了，波特再也不想儿子，再也不叫儿子了。半个月后，波特的身体康复了大半，他神智清醒了，于是他出了院，他不想再待在医院里，他怕花钱。

赫本把波特送回了家，他让波特以后别再独自出门，说想出门就打个电话给他，他陪他一起出门。赫本还说有事随时给他打电话，说只要有空他就会过来看他。看到赫本真诚的笑容，波特微笑着点点头，还说："你要是我儿子就好了！"赫本听了无奈地一笑，波特的儿子太不像话了，父亲一把年纪了，丢下不管不问，却跑到外面去逍遥自在地过日子。赫本心里说：波特先生，您就放心吧，我就是您儿子，我一定照顾好您！

由于波特的身体比以前更差了，因此赫本来波特家更频繁了，然而，波特还是出了意外。一天晚上，波特下床上洗手间，不小心摔倒在地。第二天早上，赫本去波特家看他，一进屋便发现波特躺在地上，赶紧上前去扶他，却发现他已经去世了。赫本顿时掉下了眼泪，他埋怨自己太粗心大意了，波特一把年纪了，他夜里应该来看看他，甚至陪他一起睡觉。由于

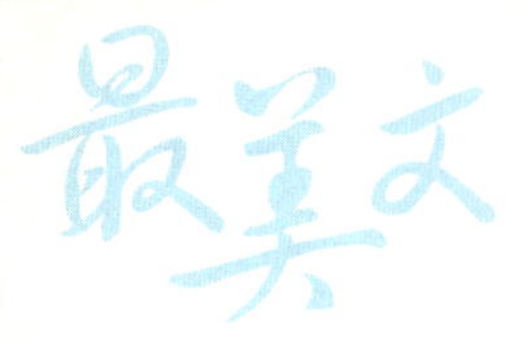

赫本联系不到波特的儿子，只好自己花钱把波特先生的后事处理了。

把波特的后事处理好后，赫本便天天盼着他的儿子能回来继承他的财产，可是却一直不见波特的儿子回来。也许，他根本就不知道波特已经死了；也许，他知道波特死了，但他却不好意思再回来。他没有尽到一个儿子的孝道，不好意思面对邻居们。当然，也许波特的这点财产对于常年在外的他而言，微不足道，不值一提。这天，赫本来波特家里打扫卫生，却在波特的枕头下面发现了一封信，赫本赶紧拆开信，只见上面写着：

亲爱的赫本：对不起！我欺骗了你，我并没有儿子，也没有亲人！自从你们一家成为我的邻居后，对我照顾得无微不至，我以为你们想打我财产的主意，便说我有儿子。后来见你们对我是出于一片至诚，我才知道自己错了。从此，我便把你当成了我的儿子。在医院里我叫儿子，其实叫的就是你啊，而你却找了人来冒充我的儿子。我知道，你是以为我真的有儿子，真的在想儿子！谢谢你！你是我的好儿子，我所有的一切都是你的。波特。

赫本看完信，不由得惊呆了：天啊，原来波特并没有儿子！波特早就把自己当作了他的儿子了！突然，赫本明白了，上次波特摔倒了住院，他之所以急于出院，不听医生的劝告，是不想把钱花在医院里，是想把这笔钱省下来给他。波特知道自己没有太多财产，而赫本对他一直无怨无悔地付出与照顾，自己应该给他留点东西，这才算对得起他，这才算是一个合格的父亲。想明白了后，赫本顿时泪流满面：“爸爸！爸爸！爸爸……”

（原载《知音》（海外版）2012年第22期）

不管是怎样的曲折，但是在那一刻，我想他脑子里只有两个字，那就是“爸爸”——爱就是这样伟大。

神奇的预言

文 / 入世无尘

一个尝试错误的人生，不但比无所事事的人生更荣耀，并且更有意义。

——萧伯纳

杰布喜欢画画，可他却总是信笔涂鸦，还不挑地方作画。这不，不但自己家里的墙上、门上布满他的作品，就是邻居约翰牧师家的墙上门上也布满他的作品。每次约翰看到杰布在他家的墙上画画，便上前阻止，然后将墙上的画全部抹掉。没抹掉还好，一抹掉，倒是更给了杰布信笔涂鸦的空间。没几天，墙上又布满杰布的画。

如果不抹掉，那些画在墙上会影响美观。于是，约翰只得一次次把墙上的画抹掉。抹到后来，约翰厌烦了，便将此事告诉了杰布的父亲杰克，希望杰克管管自己的孩子。杰克对杰布多次批评，可杰布依然我行我素。

没办法，杰克只好自己一次次将杰布画在约翰家墙上的画抹掉。约翰见老是这样，也不是个办法啊！

这天，杰布又在约翰家的墙上兴奋地信笔涂鸦，就在杰布画得高兴的时候，约翰从外面回来了。杰布心想这次又被约翰逮住了，肯定没好果子吃。没想到，约翰不但没有教训他，反而还上前认真地欣赏着他的画，然后笑着对他说：“嗯，你画得挺好！进步不小哇！我看啊，以后你肯定能当画家！”

杰布吃了一惊：“你说什么？以后我能当画家？”约翰认真地说：“我敢肯定，以后你一定能当画家！”杰布顿时高兴地跳了起来：“哦，我能当画家，太好了！太好了！”

约翰笑着说：“墙上的这些画，别叫你爸爸抹掉了哦，它可是画家的作品，将来有价值！”杰布蹦蹦跳跳地回家去了，约翰见此笑了。

从此之后，杰布再也没有在约翰家的墙上画画了。每天，杰布都待在家里，用笔在本子上画画。

让约翰没想到的是，赶走了调皮的杰布，又来了一个捣蛋的大卫。大卫喜欢打架，他身强体壮，总是欺负别的孩子，大家都不喜欢他。没多久，他就没有伙伴了。这下，无聊的大卫开始捡石子砸玻璃窗玩，许多人家的玻璃窗都被大卫砸烂，约翰家也未能幸免。

约翰在玻璃窗被砸后找到了大卫家，为此，大卫被父亲狠狠地批评了一顿。当然，大卫对约翰怀恨在心，这天，大卫趁着约翰家里没人，将约翰家的几扇玻璃窗全都给砸烂了。就在大卫得意洋洋的时候，约翰回来了。

大卫见自己被约翰逮了个正着，顿时就慌了，心想这次肯定完蛋了。出乎意料的是，约翰不但没有教训他，反而还指着被砸烂的玻璃窗对他说：“瞧，你砸得真准，力道十足！我想，要是你练习扔铅球的话，将来肯定能当冠军！”

大卫眼睛一亮：“你说我扔铅球的话，将来能当冠军？”约翰认真地说：“我敢肯定，以后你一定能当冠军！”大卫顿时高兴地跳了起来：“哦，我能当冠军，太好了！太好了！”约翰笑着说：“冠军是不能砸窗户的，否则就犯规了！”大卫点着头说：“我知道，我知道！”大卫蹦蹦跳跳地回家去了，约翰见此又笑了。

从此之后，大卫再也没有扔石子砸谁家的窗玻璃。每天，大卫都到公园的一个角落扔铅球。

杰布从没有停止过画画，每次别人问他为什么这么专心，他就将约翰的话告诉别人，说他将来能当画家。别人听了就劝杰布说那是约翰骗他的，可杰布不信，他说：“约翰是认真的，他是牧师，他不会骗人！”

大卫也从没有停止过扔铅球，当然，也有人问过他这事，他跟杰布一样地回答别人：“约翰是认真的，他是牧师，他不会骗人！”

20年之后，杰布真的成为了一名出色的画家，而大卫也真的赢得了扔铅球的冠军。有一天，他们相约着来看望约翰。此时的约翰已经老了，面对两个有成就的年轻人，他笑呵呵将他们迎进家门。

杰布首先开口说：“约翰先生，您的预言真准，您说我能当画家，我真的就当上了画家！”大卫赶紧接口道：“是啊，您的预言真准，您说我能当冠军，我真的就当上了冠军！”约翰笑容满面地说：“你们有了出息，我替你们感到高兴！”

杰布问道：“约翰先生，为什么您能预测到我的未来呢？”大卫也接口道：“约翰先生，您就告诉我们真相吧！”

见两个年轻人着急的样子，约翰笑着说：“说实话，当时的你们，实在令人讨厌，可你们并非无药可救，只是没人给你们指明一条道路。我只不过是给你们指了一条路。而你们，相信自己，并且为之努力，这才实现了我的预言！”

杰布和大卫顿时恍然大悟，原来约翰的预言并不神奇，它只是一盏灯，照亮了通向未来的道路。他们相信这盏灯，沿着它所照亮的路坚持走下去，这才成就了他们的辉煌。虽然知道了真相，但他们仍然非常感激约翰先生，因为是他的预言，才让他们满怀希望地走进了美好的今天。

（原载《故事大王》2014 年第 1 期）

人生路上难免迷茫，庆幸的是，当我们快要放弃的时候，遇到一些好心的人，说了一些鼓励的话，然后我们就有了动力。这样真好。

第五辑

感恩是让心灵之美回到原地

感恩是让心灵之美回到原地，在世界各国一代又一代人的接力下，感恩的情愫一定会在人们的心中永驻，由此让世界变得更加美好。

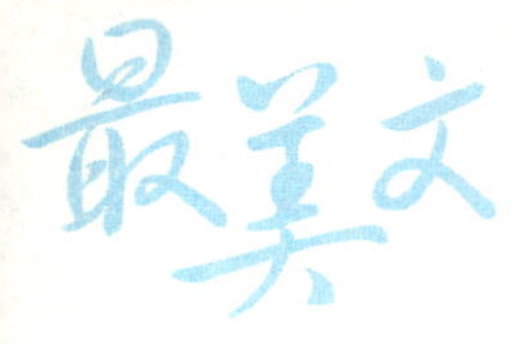

“一半”的公益经

文 / 张珠容

对人来说，最大的欢乐，最大的幸福就是把自己的精神力量奉献给他人。

——苏霍姆林斯基

顾客买东西，支付了全额的钱，商家却短斤少两，让顾客只拿到一半的商品，这在许多人看来是一种欺诈的行为。但在巴西圣保罗市的几家连锁超市，这种买一得半的行为却很受欢迎。

发起买一得半经营方式的正是连锁超市的老板安德雷·桑托斯。数年前，热心、善良的安德雷在圣保罗市开了几家连锁超市。刚开始，这几家超市的生意都非常不错，但随着时间的推移，周围开超市的人越来越多。在异常激烈的竞争下，安德雷超市的门前逐渐冷清下来。

奇怪的是，看着越来越不景气的超市，安德雷不但没有采取打折促销的措施，反而交代店员在包装水果、蔬菜和另一些食品时只需放进一半的量。更离谱的是，他在这些只有一半商品的包装盒贴上了全额的价签。店员们很不理解：让顾客们买一得半，老板是想让超市早点倒闭吗？

店员们猜对了，安德雷是想让超市的生意早点结束，但他并不是在赶顾客走，而是想在超市关门前做件善事。原来，安德雷除了是连锁超市的老板，还是巴西一个公益组织的成员，平日里，他一直在关注一个群体——圣保罗市郊 6—18 岁的低收入家庭子女。多年来，安德雷经常到这些低收入家庭走访，发现他们的子女都有不同程度的营养不良。

安德雷给了这些孩子许多帮助，超市里很多离保质期还有好几天的食物，经常都被他送给了孩子。但是，需要帮助的对象太多了，安德雷觉得自己实在有心无力。他想到超市快经营不下去了，又联想到人们经常把没吃完的半盒食品丢进垃圾桶，于是突发奇想，推出了买一得半的活动。

但这个活动开始的第一天，安德雷的善心就被人误解了。虽然超市墙壁上的海报注明顾客所付金额的 50% 会用于帮助营养不良的儿童，但许多顾客还是议论纷纷，有人半信半疑，有人觉得这是在欺诈顾客。那天打烊时，安德雷深深反思了自己的行为。

是的，仅凭空着一半的食品盒和墙上的海报确实难以让顾客信服自己是在举办公益活动。安德雷也考虑到，自己做的是现代公益，这与传统慈善有着很大的区别——后者往往侧重富豪的施舍，而前者更强调民众的参与。他想：如果被援助者能一改含泪被动等待好运降临的形象，积极投入到公益项目的实施过程中去，那么人们将会更深刻地意识到施与受是平等的，助人与自助本就是同一个硬币的两面。

整理好思路之后，安德雷决定让被援助的孩子参与到自己的活动中来。当天晚上，他让店员在每个超市腾出几平方米大的地方，并在这块区域和超市之间竖立起一面玻璃墙。第二天，安德雷外出走访低收入家庭，带回了十几个瘦弱的孩子。安德雷的想法是，让这十几个孩子在那块几平方米大的区域专门切分和包装食品，做些力所能及的事。

第三天，安德雷连锁超市里的买一得半活动重新展开。进入店内的顾客发现，墙上的公益海报被撤掉了，空着一半的食品盒里却多了一行字：请您抬头看看玻璃墙里孩子忙碌的身影，您手上的这盒食品包装正是出自他们勤劳的双手……

几乎所有顾客看到这句话时都把目光投向了玻璃墙那里，他们看到，

墙里面正在劳作的孩子虽然瘦弱，脸上却洋溢着灿烂的笑容。

这一次，买一得半的活动举办得非常成功，很多进入超市的顾客都直奔活动区域购买食品。他们有的买各种果蔬，有的只买高价食品，也有的只买半盒白菜。但这在安德雷看来都一样，因为他觉得买一得半的活动宗旨是“莫以善小而不为”——哪怕你捐的只是半棵白菜，也是实实在在的心意。

不过，令安德雷没想到的是，在举办这个公益活动的同时，自己超市的生意也被慢慢带动了起来。原本他计划一个月内结束所有超市的经营，可现在任何一家连锁超市的营业额都远远超过了竞争对手，想关门都关不上了！

（原载《语文周报》2013 年第 32 期）

乐于施舍，乐于奉献，自己就会得到的更多。这世间上唯有善心可以帮助到自己。

一个好名字改变世界

文 / 清翔

创意给人生命和生趣。

——创意名言

有人说，命名是一门学问，有人甚至将一个人的命运和其名字联系在一起。也就是说，一个人的名字往往会决定一个人的命运。事情或许并没有这么玄乎，不过名字对人的心理确实能带来影响，有时甚至是重大影响。

我的奶奶曾给我讲过这样一个故事。改革开放之初，市场开始松动，奶奶想做点小生意赚点钱以补贴家用。刚好区镇上建了一个塑料编织袋厂，奶奶便想到了去贩卖塑料编织袋。因为那种泾渭分明的编织酷似蛇皮，乡下人便称它为“蛇皮袋”。

奶奶让父亲从厂里批发了几捆塑料编织袋来，她分一些背到附近的小集镇去卖，可是卖了几天，根本就没什么人买。原来在我们家乡，“蛇”与“蚀”同音，做生意最忌讳的就是这个“蚀本”的“蚀”字，奶奶不敢叫卖，即便吆喝了，听说是“‘蚀’皮袋”怕沾霉气，一些人也会躲得远远的。

后来，有人对奶奶说：为什么不叫它“‘赚’皮袋”呢？“对呀！”奶奶如醍醐灌顶，“卖‘赚’皮袋哟，卖‘赚’皮袋哟！”奶奶一高兴，便大

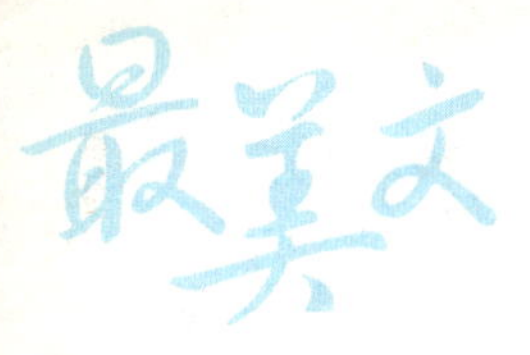

声吆喝起来……后来人们发现，“‘赚’皮袋”比传统的粗布袋子价格要低廉得多，不怕被水打湿且经久耐用，奶奶的生意由此特别好。

不要说乡下人没见识，仅计较说一个“蚀”与“赚”字。其实，拥有亿万财产的“国际大亨”，也无不忌讳一些“负面”的字眼。

在国际资本中，曾一度一方面是发达富裕国家太多的钱找不到投资方向，一方面是贫穷落后国家总“等米下锅”。

20 世纪 80 年代，世界银行中有人想以富裕国家多余的钱来促进贫困国家的生产建设。但这样首先得说服国际投资者，于是，他们在纽约举办了一次会议，说明此项活动的意义。

主办者一番慷慨陈词后，不料会场却是一片阒寂。好久，有人站起来说：“你们的想法很有意思，只是你们让人把钱投到‘第三世界投资基金’，这似乎让人感觉到这钱是有去无回。”

主办方一想，也是这个理，随即提出休会。他们回到住处就讨论开了。有人说：“‘第三世界’不行，就用‘欠发达市场’吧！”这个提议立即遭到否决，理由是“欠发达”似乎给人的感觉是永远要“欠”下去。

那人想了想，随之又说：“那么就叫‘发展中国家’吧。”人们还是不太满意：“这个比前面那个好，只是还不够正面，还不够振奋人心。”

最后有人由“新型产业”、“新型市场”想到了“新型经济”。“好一个“新型经济”！”人们一致拍手叫好，新鲜事物是萌芽，有着巨大的发展潜力！“将钱投到‘新型经济投资基金’中”，就这么定了！

可谓一个名字改变了世界，国际资本从此开始向那些发展中国家和地区流动了：1987 年，超过 3000 亿美元，10 年后，突破了两万亿美元。资金合理流动，贫国富国一起双赢。这是记载在《制高点》一书中的故事。

阿基米德曾说：“给我一个支点，我可以撬动整个地球。”一个好的、令人振奋的名字就是这样一个支点，也就是物理学中所说运动开始必须的那一点动量。

一个好的名字也是生产力，奶奶的“‘赚’皮袋子”，国际资本市场上的“新型经济”，所关照的无不是人们的心理，而对心理的正面影响也就形成了生产力。人们也许只要动动尊重人心理的一点小小心思，它赚取的就是生命个体的和谐，是社会的进步，全人类的协调发展。

（原载《考试报》2015年第32期）

有时候，我们缺少的往往并不是创意，而是站在人性的角度去考虑问题。动点小心思，或许就成功了。

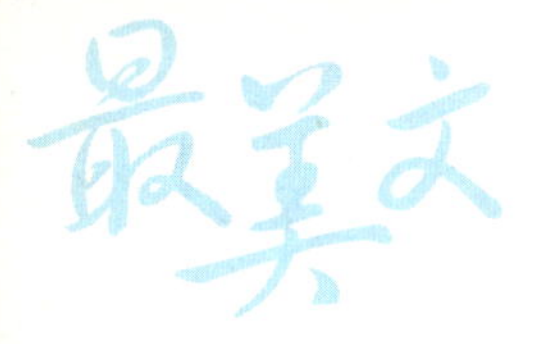

心跳

文/周月霞

人类处于神与禽兽之间，时而倾向一类，时而倾向另一类；有些人日益神圣，有些人变成野兽，而大部分人则保持中庸。

——普罗提诺

王静正要下班，红君来了，很急的样子。

红君说她表姐要抱养一个孩子，孩子的亲妈是未婚先孕又痛遭遗弃的。说好是只要医药费和一万块钱的营养费，谁承想半路杀出个程咬金，产妇的堂哥也给找了一家，是个黑白两道混、既无赖又有钱的主儿，说这孩子他们要定了！孩子的亲妈打心眼里是不想把孩子给他们的，但天都快黑了，那两男一女还堵在病房就是不让抱走孩子。

“你是儿科的医师，你就说这孩子的心脏有问题，得去做检查。只有你才能名正言顺地把孩子抱出来……求你帮帮忙吧，老同学！”红君使劲摇着王静的胳膊，王静被晃得头都晕了，只得点头答应。

产科病区这会儿很静，偶尔传来几声婴儿的啼哭。

走廊的灯幽幽地闪着炽白的光，病房门口的两个彪形大汉看到王静的白大褂，闪到了一边。

产妇默默坐在床上，低着头，头发遮住整张脸。沙发上端坐着一个满身珠宝气的中年胖女人。

“谁来了也不行！孩子妈的堂哥可说了，谁给的价高，孩子就归谁！我们给四万！”中年女人不屑地冷冷斜了她们一眼，尖声嚷道。

空气在这个狭小空间里变得稀薄，王静感觉缺氧，刚出生两天的婴儿被这尖声吓醒哇哇地哭了。孩子的哭声微弱极了，断断续续，像只小猫在呻吟。

王静从兜里拿出听诊器，习惯性地对着听筒哈了几口热气。她把听筒在手心攥了很久才轻轻放到婴儿的胸前，几个人不约而同地凑到婴儿的小床边，屏住呼吸。

王静蹙着眉，手指按住听筒轻轻在孩子的胸前移动，耳朵努力地捕捉着每一个音频的细微变化，眼睛却茫然地看向窗外。

这里以前是卫生局的办公楼，卫生局搬迁后就给局长的一位亲戚承包下来，做了产科病房。小楼的墙虽然被橘红色的涂料粉刷过了，但还是一块块地剥脱下来，像一个老人满是皱褶的脸。

“怎么样？”红君低声问，围在一旁的人不约而同地看向王静。

“你在孕期服过什么药吗？发过高烧？还是受过什么刺激？”王静直起腰，问产妇。

“没有都没有啊！”产妇从发丝里闪出惊愕的眼睛。

“你看孩子的口唇发紫，心脏听诊有隆隆样杂音，现在必须马上到儿科做检查！”王静不容置疑地抱起孩子，目不斜视地往外走。

中年胖女人一把拦住，大声问：“你要干什么，快把孩子放下！”

王静看了她一眼，说：“这孩子心脏出了问题，必须做进一步检查，你是产妇家属吗？要不要一起去？”

中年女人呆了，张了张嘴，退出病房。她和那两个男人嘀咕了几句，开始拨打手机，一伙人悻悻地走出医院。

红君向王静暗暗竖起拇指，王静却悲哀地摇摇头。现在，她满脑子

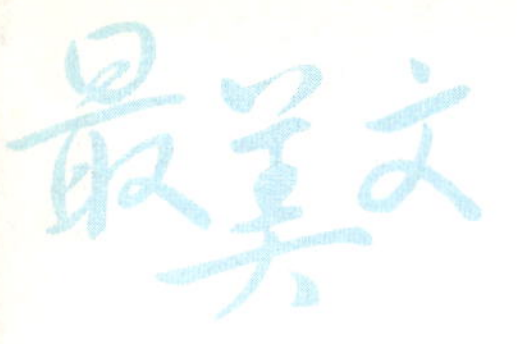

满耳朵都是孩子一声声异常的心跳，襁褓里的小脑袋压得她的胳膊有些发麻。

不出所料，婴儿的心脏经过彩超血流变检查显示是先天性主动脉关闭不全。听说，产妇抱着孩子第二天就出了院。

红君在电话里告诉王静，她表姐也坚决不收养那个孩子了。王静淡淡一笑，说了句我能理解就挂了电话。王静突然感觉自己的左胸有个地方在隐隐地疼，她也曾是个先天性心脏病患者，七岁那年才通过手术治疗获得新生。

这天，红君来医院探望病人，打算去科室找王静聊会儿，王静却没有上班。王静的同事告诉她，王静抱养了一个患有先天性心脏病、出生两天就被遗弃的男孩，已经休假三个多月了。

（原载《语文报》2014 年第 31 期）

不明白那些一心要抢夺孩子的人们，要孩子究竟要干什么？孩子是器物吗，健康的、完整的就想要，不健康的就抛弃？

因你而温馨

文 / 陈华清

亲善产生幸福，文明带来和谐。

——雨果

深秋的青岛，天气凉爽宜人，就在这样的季节，我和同事来青岛参加“全国校园文明礼仪教育 2012 年会”。这天晚饭后，我和同事坐上 25 路的公交车，打算去看夜色中的栈桥。

车到华严路停下，候车的乘客鱼贯而上。虽然人多，但并不争抢，大家自觉排队，按顺序上车。一个年轻漂亮的少妇，后面跟着一个五六岁模样的小女孩。

小女孩扎着两条小辫子，脸红扑扑的很可爱。她背着一把小提琴，不知是刚去学琴回来，还是吃完晚饭去老师家学琴。她一手扶着琴，一手牵着那少妇的手，看样子她们是母女。

“你坐这里吧！”小女孩还没站稳，身旁一个小伙子就赶忙站起来给她让座。

“不用了，你坐吧！”小女孩摆摆手并没有立即坐下来，而是礼貌地谦让。

“坐吧，别客气！”小伙子坚持要她坐。

小女孩看看小伙子，又望望母亲，似在征求母亲的意见。

“大哥哥叫你坐，你就坐吧！快谢谢大哥哥！”

“谢谢大哥哥！”小女孩甜甜地说，然后叫母亲先坐，她再坐在母亲的大腿上。

“孩子，你以后也要给有需要的人让座！”母亲不忘借机教育孩子。

芝泉路到了，一批人下去，又上来一批人。

一个六十多岁的老人走过来，刚才那个小女孩看见了忙站起来，奶声奶气地说：“老爷爷您坐吧！妈妈说见到老人要让座。”

“孩子，你坐吧！”老人慈爱地说。

“大爷，孩子让给您坐，您就坐吧，莫客气！”小女孩的母亲也早已站起来了。

“孩子还小，让她坐吧！我还硬朗。”老人还是不肯坐下来。

“坐我这里吧！”坐在小女孩后面的一个年轻姑娘站起来，摘下耳机，她刚才一直戴着耳机如痴如醉地听音乐。

老人连连说“谢谢”，然后坐下。

“黄县路到了！”公交车自动报站系统又响起柔美的报站声。

这回上来的人特别多，车厢的过道一下子就站满了人，摩肩擦背。车上人虽然拥挤如潮水，但很安静，没有人高声喧哗、吵闹，连小朋友都安安静静，只听见汽车的轰鸣声和报站声。

人群中这时有了波动，站在车厢最里面的一个民工模样的男子，掏出两张五角钱，叫人帮他补交车费，他上车时抱着孩子忘记交了。那两张皱巴巴的五角钱，从他手里传到一个胖乎乎的中年妇女的手里，又从中年女人的手里传到戴着眼镜的小个子中学生手里。

我从旁边一个时髦姑娘手里接过这两张皱巴巴的五角钱，将它传到一个文质彬彬的中年男子手里。

这两张皱巴巴的五角钱，就这样在车厢里，从这双手传递到那一双手，传递着诚信，传递着温馨，传递着中国几千年不熄的文明礼仪的星火。

车厢里这几个小镜头，让我这个外地人很是感慨，同时也感受到来自普通人的感动。

公交车是一个社会的缩影，一个城市的窗口，这个窗口折射出市民的素质。青岛是全国著名的旅游城市，市民的素质直接影响到外地人对它的印象。这种印象就是一种最有力的宣传，青岛人早已把这种“宣传”化为自觉的行为。

这么想着，不经意一抬头，“车厢因你而温馨”的宣传标语闯进我的眼帘。

我微笑。

（原载《语文周报》2015 年第 6 期）

公交真的是社会的缩影，各式各样的人，各种言语，各种行为。如果我们心怀小善，那公交车里岂不是像家一样温馨?

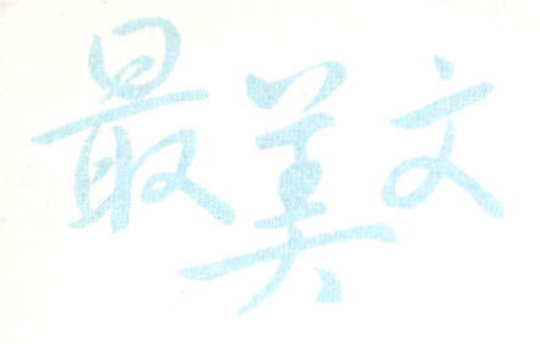

温暖流年的一句话

文 / 阿杜

友谊是一棵可以庇荫的树。

——柯尔律治

一

15 岁的我比同龄人胖了很多，有许多男生当面就叫我“胖子”，他们笑嘻嘻地说：“胖子这肉墩墩的身材当球来踢倒是蛮适合的。”女生们更是集体排斥我，觉得我拉低了她们的平均相貌分。

我想通过锻炼减轻体重，但在操场上没跑上半圈我就已经累得气喘如牛，浑身像从水里捞出来般湿漉漉。我控制饮食，每餐都吃很少，但上到最后一节课时，我就饿得肚子“咕咕”叫，眼冒金星，有几次都差点昏过去。不久，我就停止了这些尝试，否则不但身体承受不了，我也会继续遭到别人的嘲笑。

我在班上是最沉默的人，我害怕被人关注的目光，害怕他们口无遮拦的玩笑话，我宁愿自己被当成隐形人，或许这样我还可以在自己的世界里躲藏。可是，我连这个想法都很奢侈，不管他们有的聊时还是无聊时，他们总会有意无意地把话题转移到我身上，然后一群人嘻嘻哈哈叽叽喳喳地把我当成一个笑话。

我没有勇气“反抗”，想哭却不敢哭。15 岁了，我不想当众哭鼻子，唯有伪装坚强，以一种云淡风轻的姿态面对。可即使这样，他们也会说：“胖子修炼到家了，什么样的攻击都打不倒她，真是皮厚到极致。”

有很多次我都不想再去学校上学了，面对没完没了的嘲笑太累了，可是不去学校，我能去哪呢？如果被父母发现我逃课，那更不得了。

二

这样灰暗的日子，我一天天地捱，完全体会到“度日如年”这个成语的意思。我以为我会这样暗无天日地过完我的中学时光，然后和当年的同学再也不相见。可是有一天，因为座位的调动，语文课代表韩江成了我的同桌。

韩江在班上是比较安静的男生，他不爱说话，只喜欢用文字表达他的情感。他从小学时就开始在报纸杂志上发表文章，还出过两本书。只是关于他的辉煌过往，我都是在做他同桌后才慢慢知道的。

韩江把东西搬过来时，礼貌地对我点头微笑。我一时愣住了，心里莫名地有些感动和欣喜，因为在这之前，从没有人这么礼貌地对待过我。

在我们成为同桌之前，我不了解韩江，我只知道他的成绩是年级里最好的，还可以确定的一点是，在整个班上唯有他没有嘲笑过我，或许他是没有注意过我吧。

安静的韩江不但学习好，人缘也好，大家似乎都很喜欢他。同桌后，我观察到，不爱说话的韩江虽然不大主动与人聊天，但别人问他话时，他都会一脸微笑地回答。而且他教人解题时特别有耐心，那些比他高半头的男生还一脸臣服地叫他“我们韩哥”，真是惊得我起了一身鸡皮疙瘩。

在班上我很沉默，但我的性格并非沉默寡言，我只是被人排斥，无话可说才不得不沉默；面对嘲笑我也不是不想反击，而是没有勇气，害怕反击后会遭受更强烈的攻击，我又不想用眼泪武装自己……没有人明白我波

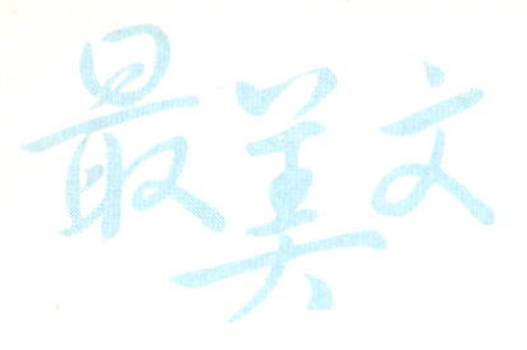

涛汹涌的心路历程。

我自卑，但我又不甘自卑。我做不到勇敢地自嘲，做不到无所谓，但又无可奈何。

当韩江礼貌地对我点头微笑时，我心里充溢着满满的感激。

三

韩江成为我的同桌后，我的日子终于安静了下来，再不会一下课耳边就响起“胖子、胖子”的声音。

韩江很少主动与我交流，但我已经很满足了，至少他不会嘲笑我，至少他对我总是温文有礼。我可以安静地看自己喜欢的书，不被打扰地做白日梦。

每天晚上的自习课，韩江总是很快就写完作业，然后埋头写文章。刚开始我不知道他在写什么，很好奇。于是，有一次趁课间休息，他不在教室时偷偷地看了他写的东西。直到那时，我才后知后觉地知道韩江在写小说。

那是一篇精彩的悬疑小说，才看了一个开头我就被吸引住了，直到韩江进了教室，站在我面前，我都没有发觉。

“好看吗？”

韩江的声音突然响起时，我吓了一跳，急匆匆地赶紧把他的稿件塞回桌洞里，脸早已涨得通红，嗫嚅着说：“对不起！写得太精彩了，我好奇翻看一下就被吸引住了。”

说完话，我就深深地埋下头，准备迎接他的“怒吼”，毕竟我没有经过他的同意翻看他的东西，被骂是应该的。

只是等了好一阵，韩江都没有发出“怒吼”，他只是高兴地问我：“故事真的精彩吗？你喜欢看？”

见他没动怒，我兴奋地抬起头说：“精彩！我喜欢看！”

我虽然成绩一般，但喜欢看书。平时没什么爱好，大把的时间都是在看各类小说中度过，还在网上写过书评。

“你喜欢看小说？”韩江在老师进教室前，继续问我。

很难得有人这么主动地与我说话，我有点紧张，心里却很高兴：“我喜欢，我看过很多小说，你的文风和余华有点接近，语言诙谐，故事又很抓人……”话还没说完，老师已经来了，我只好闭嘴，抱歉地朝韩江笑。

“下课后我们继续聊，你很棒！”没想到，韩江匆忙地递了张纸条给我。

四

我对小说的认识拉近了我和韩江的距离，直到这时，我才知道他发表过很多文章。不过，韩江很谦虚，一点儿也没觉得自己很了不起，他喜欢听我的意见，他说我的眼光很独到。

得到韩江的认可，我自卑的心好像多了些自信，而且我很荣幸地成为了他小说的第一个读者。那种喜悦的心情我无法用言语表达，一个从来都被大家嘲笑的胖女孩，突然得到一个男生的尊重和肯定，该是多么荣耀的一件事。

韩江还鼓励我跟他一起写小说，他说：“你看过那么多小说，而且眼光精准，我相信你动笔写也很棒的，试试看啊。”

其实，我一直就有写小说的欲望，也有过构思，只是太懒，一直没有动笔，大把的时间还是花在看小说上。但后来完全不同了，因为有韩江的鼓励，而且韩江一直在写，我能成为他“志同道合”的同桌，互相激励，该有多幸运。

韩江还对我说：“作为学生，学习永远是第一位，完成了学习任务，别的时间就可以用来写小说和看小说了，这样父母就不会干涉……”

韩江说的话，我很认真地听取了。就像韩江一样，我合理安排时间，学习写作两不误。

从那时一直到现在，我都在坚持写作，因为韩江说，爱写作的人都会有一颗晶莹剔透的心，我相信这句话。在写作中，我还找回了久违的自信，对学习也充满了热忱。最重要的是，我逐渐认识到，很多事情是那么微不足道，不值得挂怀。

除了韩江，没有人知道我也在写作，我很享受这个只有我和他才知道的秘密。虽然我们的交流都是围绕着写作进行，但我已经很知足了，我知道韩江把我当成朋友了。

五

有一天下午，我比平时早了些到学校。刚要进教室时，突然听到有几个同学又在议论我。

我不安的心紧张地缩了缩，习惯性地低下头，恨不得挖个地洞钻进去。虽然一直被嘲笑，但每一次面对，我还是会无地自容，会伤心难过。

“你们怎么能这样说啊，阿杜很有才气，你们没发现吗？自卑又怎么样，其实自卑的窗外也可以开出繁花。”

听声音，我就知道是韩江在说话。

他说得多好啊，“自卑的窗外也可以开出繁花。”这个美妙的句子仿佛一帖灵丹妙药瞬间就让我苍白的心充盈起满满的自信。

我在教室外站了一会儿，回味韩江的话，然后抬起头，昂首挺胸地走进了教室。就算自卑，我也可以通过努力让平凡的自己变得不那么平庸，在自卑的窗外开出一片繁花来，我相信韩江的话。

看见我进教室了，嘲笑我的同学立即噤声，而我却第一次勇敢地面对他们展露出笑容。

看见我笑，那几个同学反倒尴尬起来。

“我有好消息告诉你。”才坐下，韩江就悄悄告诉我编辑在 QQ 上留言给他，我和他的小说都通过了终审，可以发表了。

在那一刻我听到了花开的声音，听到了这个世界上最美妙的音乐。我觉得，我是可以的，就像韩江告诉过我的，我一定行。

六

人生往往就是这样，有一个好的开始后，沿着正确的方向走，总会有收获。我知道，这一切都是因为韩江，他的鼓励让我开始有自信，他的监督让我不再放弃自己。

很多年以后，我都还经常回忆起当年的情形，回忆起韩江兴奋的笑脸，心里依旧充盈着满满的感激。我的第一篇小说，是韩江帮我找杂志投稿的，他说我一定行。后来，在韩江的带动下，我就一直坚持写作，我们约定好——要用一生的时间经营文字。

初中毕业后，我再也没有见过韩江，我听同学说他家在那年夏天就搬去了厦门，后来又移民去了加拿大。

我很遗憾没有亲自感谢他，是他在我最迷茫、最自卑的时候，把我拉出了青春的烂泥潭，帮我找到了一条适合自己的路。

“自卑的窗外也可以开出繁花。”这是韩江说的，并且是我印象最深的一句话。这句话温暖了我孤单寂寞的流年时光，也撑起了我的信心，让我从此有勇气从容地面对未知的人生。

（原载《初中生之友》（中旬刊）2015 年第 4 期）

每个人都有可能随时成为一个新的自己，虽然自卑，但却不忘向上。自卑其实没什么不好，自卑可以是催化剂，帮助你奔向灿烂的前程。

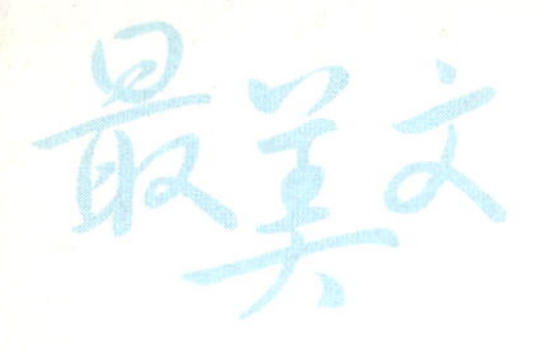

教师中的“狗头金”

文/大可

要是一个人的全部人格、全部生活都奉献给一种道德追求，要是他拥有这样的力量，一切其他的人在这方面和这个人相比起来都显得渺小的时候，那我们在这个人的身上就看到崇高的善。

——车尔尼雪夫斯基

浙江大学连续多年都出现了“挖矿热”，这个“矿”就是数学系教授、《微积分》课程负责人——56岁的苏德矿。

他在浙江大学任教20余载，被学生们亲切地称为“矿叔”，昔日的“矿叔”渐渐喊成了“矿爷”，他还自嘲说：“再过几年就该叫‘矿渣’了，但矿渣也好，起码还有点用处。”其实苏德矿就是一块金矿，而且是一块“狗头金”。

人们都知道“狗头金”有两大特点，一是含金量极高，可遇不可求；二是往往因露于地表而被人发现，“露于地表”即与人亲近。苏德矿在教学中总在与学生们拉近距离，与一些把学问“藏”起来，只迷恋于科研的人比较，“矿爷”这一点也就显得难能可贵。

为了拉近和学生们的心灵距离，苏德矿让自己成为一个很有文艺范儿的人。讲课前，他会放上一段学生们爱听的音乐，如2014年央视春晚上的《卷珠帘》火起来后，青年歌手霍尊的这支歌便成了苏教授课前的保留节目。

不但播放学生们偶像的歌曲，“矿爷”也会自当“偶像”，在讲课中他会引吭高歌。他说，让自己变得具有“文艺范儿”，只是要活跃课堂气氛，吸引学生们的注意力。

他的课堂气氛一直就非常活跃，“从前有棵树，叫高数，上面挂了很多人；旁边有座坟，叫微积分，里面埋葬了很多人。”微积分中怎么就葬了人呢？因为学起来都是泪啊！

这是苏德矿的经验之谈，而这样的话听起来就像听段子。如此富有感情的“桥段”，“矿爷”在讲课中常常会信手拈来，“如果有一天，高数和线性代数相爱了，高数带着线性代数远走高飞，从此消失在校园里，这将是我们听过的最美好的爱情故事。”

还有如，“开车为什么会撞树？因为朝着大树的方向，再一个，就是车速太快。”苏德矿这时会卖个关子，然后才把方向导数亮出来，“在 P 点沿 L 方向的函数值的变化率，跟撞树一样，一个是方向，一个是速度。”

就这样，曾让多少大学生抓耳挠腮、焦头烂额的高等数学，一下子变成了牵肠挂肚要去上的课。学校从来没有过的事情也就出现了——他的《微积分》课程按规定只能让 150 人选课，结果却是 3000 人同时选，学院不得不找一间尽可能大的教室，可最大的教室也只能容纳 300 人。

即使如同中彩票一般成了 300 人中的一名，也并不意味着就一定能听到苏教授的课，因为讲授《微积分》时，连过道上和教室后排都挤满了学生，有一大半人是没选上课来旁听的。所以要占到一个座位，必须提前半个小时到教室，否则连站的地方也没有了。

“能听到‘矿爷’的课太难了！”在抱怨声中，2003 年 2 月底，苏教授不得不专门开设了一个微博。尽管他近视一千多度，平时医生就嘱咐他少接触电子产品，可他还是把手机从 4.7 寸的屏幕换到了 6.3 寸，依然坚持

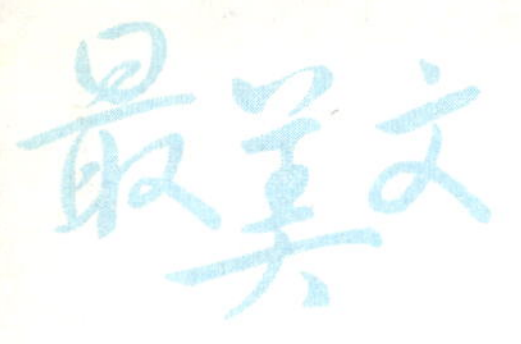

每天花三四个小时在微博上做《微积分》答疑。短短一年时间，他就发了11600多条微博，平均一天要解决15个左右的问题，考前复习高峰期每天大约要回复一百多条。

就这样，“矿爷”微博名气越来越大，除了浙大的学生，甚至全国各地的学生都会发微博向他求助，他也总能做到有问必答。

“在浙大，苏德矿的课你一定要去上。”浙大把这句话写在自制的学生手册里，届届相传。因此大一新生一入学，就知道了苏德矿的大名。由于名声大，教课充满情感，在课堂外，有学生在情感问题上也会向他咨询。

“当你喜欢一个人，他的每一点变化你都看在眼里，别人都变成了常数，TA才是唯一变量。”这是他在讲解偏导函数时一位女生发来的一则短信。

课间，苏教授回复道：“你如果用数学的思想，就不应当这么直白，应当先和他认识，然后在一起学习，等到毕业，最后取极限——领结婚证，就成一家人了。这就像在数学上，取近似，越来越无限地接近，最后取极限就得到了精确值，所谓的逼近理论。”这种别具特色的回复，让女生豁然而悟。

一心扑在教学上，使得“矿爷”成为一块含金量极高的“狗头金”，学校也乐于为他添金。2014年9月8日，浙大授予苏德矿“心平奖”特等奖，奖金100万元，“矿爷”成了学校第一个获此殊荣的人。

（原载《当代青年》（我赢）2014年第12期）

其实我们看到的是一位普通的大学教授无比耀眼的人格魅力，他充满童趣可是不流俗，诙谐而不失风度。这样的老师同学们怎么会不爱呢？

感恩是让心灵之美回到原地

文 / 梅若雪

天意怜幽草，人间重晚情。

——佚名

不久前，家住休斯敦梨城的艾德·登茨勒收到一张让他颇感纳闷的明信片。

因为这明信片上的背面有着手写的工整字句：“坚强的人能拯救自己，伟大的人能拯救他人，为 1944 年感谢你——中国人。”明信片的正面是一张黑白照片，照片上有一些美国和中国军人聆听着一位美国大兵用小提琴伴奏，与此同时两个中国军人正在演奏传统弦乐器二胡。明信片来自中国，邮戳日期为 2011 年 8 月 27 日，背面还写有登茨勒不认识的汉字。

这位 88 岁二战老兵，曾于 1944 年随美军著名的志愿军部队麦利尔突击队参加过缅甸战役，1945 年又服役于中国战区作战部队。但他并不明白为什么会在六十多年后突然收到这么一张明信片。“我想象不出它是何人寄来的？”困惑之余，登茨勒决心找出寄明信片的人是谁。

登茨勒询问了历史学家兼麦利尔突击队联谊会主席罗伯特·帕萨尼西，以及几年前因为一个中国历史研究项目曾采访过登茨勒的美国研究员帕特·卢卡斯，可终无结果。

这时，一位在美国宇航局会说中文的工程师同事告诉他，明信片上他

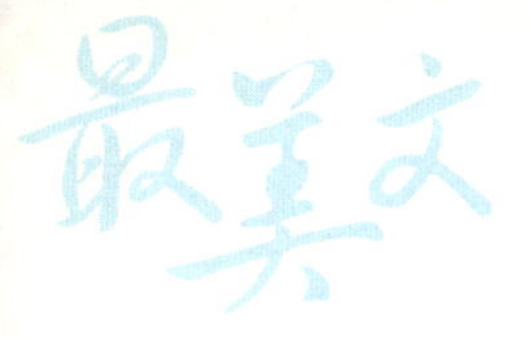

所不认识的汉字意为“国家记忆”，其他的事情这位工程师就说不上来了。

尽管这样，登茨勒却高兴异常，因为他想到：既然是“国家记忆”，代表着“国家记忆”的重要新闻媒体一定会有过报道。于是，登茨勒便致电《休斯敦纪事报》。果然，事情有了突破性进展。

《休斯敦纪事报》一名记者做了一些互联网搜索后便对登茨勒说：中国深圳日报网上曾有一篇文章报道说，中国广东省的深圳外国语学校的学生曾决定写明信片感谢帮助中国抵御日本侵略的美国二战老兵。这些学生是在 2011 年夏天参观二战照片展时想出这个主意的，明信片上的照片都是展览的照片，已汇集成册，题名为《国家记忆》。

中国学生的感谢一下子让登茨勒的思绪回到了七十多年前，他 10 岁那年，在一家工厂做工的父亲突然得了重病，几个月后不治身亡。安葬父亲后，没有工作的母亲面对三个嗷嗷待哺的子女，不禁哀愁万分，她不知明天要用什么让孩子们充饥。在这时，有一位中国移民尽管自己收入微薄，可硬是省吃俭用，倾心支持他们家。二战时，当美国对日宣战后，已是成年的登茨勒立即参军来到中国。

“哈哈哈！这真是太棒了！”当弄清事情的原委后，登茨勒笑了，“我希望寄来明信片的中国学生知道我有多么感激他们的这份心意，这对我真是一种莫大的帮助。我前些时刚患中风，回忆过去那些我以为自己已经记不起来的事情，将有助于我的康复。”

现年 87 岁的历史学家兼麦利尔突击队联谊会主席罗伯特・帕萨尼西对这件事有一定了解，他对登茨勒说，据他所知，至少有 4 个其他突击队老兵和他们的后代收到了相似的明信片，图片和文字信息各异，但结尾感激的话语却完全是一样的：“为 1944 年感谢你。”

可不是，邮政确认：另一位家住纽约的 86 岁的老兵杰伊・坎贝尔，也收到一张明信片，上面的文字同登茨勒的一样，不过，照片画面是一个竖起大拇指的中国男孩。坎贝尔当年参加麦利尔突击队在缅甸作战，并且获得了三颗紫星奖章。

“那些老兵中很多人都不大愿意谈论往事。”杰伊·坎贝尔的女儿戴比·坎贝尔说，“父亲就只是对我说过，‘如果我告诉你我们当时的所见所闻，或说是噩梦般的经历的话，你肯定会把我当疯子看待。’所以我料想当年的情形一定是非常恶劣与残酷的，父辈们的付出是非常巨大的。”

得知明信片是一名中国学生寄来的后，杰伊·坎贝尔很高兴。“哇噻！”他说，“有意思，不是吗？哇噻！哇噻！回到原地了！”坎贝尔所说的“回到原地”，是说感恩让人的精神之美回到原地。

原来，杰伊·坎贝尔的父亲出生于中国，在日本占领满洲里后被日本鬼子杀害。他们家庭遭此大难，幸亏有一些中国人伸出手来救助，他们一家人才得以度过那段凄风苦雨的日子。所以美国一经对日宣战，他立即报名参军，并要求去太平洋前线作战，既是为父报仇，也是要感谢中国人。

发表在中国深圳日报网上的那篇文章中还说，提供二战期间在中缅印战区服役过的老兵姓名和地址的是美国前将军约瑟·史迪威的孙子约翰·伊斯特布鲁克。

这篇文章还引用一个名叫梅怡的老师的话：这些寄往美国的明信片证明了，在中国年轻人是不会忘记历史的。通过这种方式，学生们既表达了他们的感激之情，同时也知道中国的和平来之不易，大家必须为之奋斗。

感恩是让心灵之美回到原地，在世界各国一代又一代人的接力下，感恩的情愫一定会在人们的心中永驻，由此让世界变得更加美好。

（原载《情感读本》（道德篇）2015 年第 3 期）

感恩的心，感谢有你伴我一生，让我有勇气做我自己。心怀感恩，世界有爱，愿爱与你常相伴！

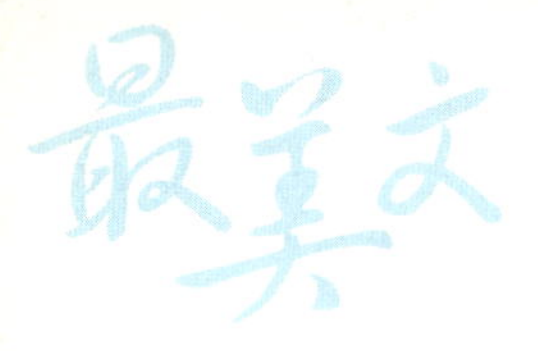

玩转博物只为让人博爱

文 / 张艳君

人的一生可能燃烧也可能腐朽，我不能腐朽，我愿意燃烧起来！

——奥斯特洛夫斯

世界上的物种浩如烟海，但所有物种都生活在既独立，又与世界有着千丝万缕联系的大爱的天地里。因而，懂得的越多，知道的世间之爱越多。他说：“人们之所以进行博物探索，其目的就是为了博爱。”他这样想，也是这样做的，他就是80后北京青年杨晔。

每个人都具有爱的天性，只不过有的人喜欢观察，愿意动脑子，表现爱的愿望就会更强烈些。杨晔从小就强烈地表现着他的一份爱，在他两岁时，见妈妈拾掇鱼，他就在一旁问：“妈妈，鱼会疼吗？”妈妈说：“这条鱼从菜场买回来时，就已经没有生命了，是不会疼的。”从此，他知道了没有生命的东西是不知道疼的，因此在饭桌上更爱吃蔬菜。

不过，有一个问题也常常会在他幼小的脑子中闪现：鱼儿怎么会死呢？能不能让鱼儿长久活下去呢？4岁时，他的梦想就是做一名“水产局局长”。这样，他就能研究鱼儿虾儿的生命问题了。稍后，他又知道研究生命要懂得生物知识，于是立下了必须上一个“有生物系的大学”的志向。高中毕业，梦想成真，他考上了南开大学的生物学院。

兴趣让杨晔学得特别专注，除了老师所授的知识外，他更是一头扎进图书馆、博物馆，在生物科学殿堂里畅快地遨游，贪婪地汲取着他想学的一切知识。

儿时的杨晔看电视尤爱看《动物世界》，刚开始还以为《动物世界》是中国人拍的，或者就是赵忠祥本人拍的。长大后他才知道原来电视上很多纪录片都是从 BBC 引进的，BBC 的概念也就在他头脑中扎下根来。

杨晔知道，在自然纪录片拍摄方面，BBC 可谓翘楚。它的自然历史部是目前野生动物影片的世界最大生产商，每年生产大约 82 小时的电视节目和 45 小时的自然广播节目。

他曾想，要是有机会参与 BBC 的自然节目制作就好了，没曾想，机会来得比他预想的还要快。大二的时候，杨晔就成为了《中国国家地理——博物》最年轻的专家顾问。

2005 年，BBC 纪录片《美丽中国》开拍。由于他已是《中国国家地理》青少版《博物》杂志最年轻的专家顾问，在国内博物圈子里已小有名气，经《中国国家地理——博物》杂志编辑部主任推荐，杨晔被选为《美丽中国》摄制组的调研员，也是中方唯一的全职调研员。

由于他脑子里存储着海量生物知识，加上特别热爱这项工作，所以工作特别出色。比如，摄制组希望拍到野生熊猫“恋爱的故事”。可是，每年雄雌熊猫“恋爱”的交集时间只有短暂的三天，而熊猫的活动范围会有几十平方千米，能捕捉这一时机近乎当年让卫星上天。

杨晔每天给不同的人打电话了解——科学家、研究生、博士、饲养员、护林员、猎人——从互相矛盾的说法中抽丝剥茧，最终定位出准确的时间。杨晔的“情报”让摄影师在全世界第一次抓拍到了野生大熊猫从求偶到相爱的全过程。由于他的卓有成效的工作，上映后的《美丽中国》轰动一时。

可是，杨晔学习生物科学，并不是为了拍摄影片，他的梦想是为了

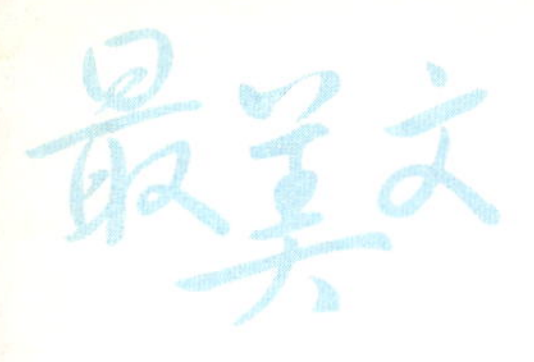

让自己懂得更多的有关世界的爱，从而引导人们去关心爱护身边每一种东西。在现实中，只有通过普及博物知识才可能实现自己的梦想。

然而，在中国的科学和教育体系里，基本没有与博物有关的学科和专业。于是杨晔采取“迂回”“曲线”策略，大学毕业后的他最终选择了做新东方的一位物理教师。

他想：如果能在当老师的时候影响一些人，向自己的梦想就更靠近了一步。他给自己算了一笔账：一年可以教1000名学生，如果最后有10个学生能做博物科普相关的工作，再通过他们去影响其他人，雪球就滚起来了。

虽说这一办法不错，但他认为自己可以做一些更为接地气的事。他索性辞去了新东方年薪10几万的工作，于2013年和爱人一道，在北京东城区开了一个博物咖啡馆。因为他的口才特别棒，所以在别人喝咖啡的时候，他会放上一段“博物纪录片”或说上一段“博物脱口秀”。

在说脱口秀时，向听众“抖包袱”是他的强项，在“包袱”里装上动物花鸟常识是他的特色。他的“YY动物脱口秀”甚至将天津的一些家长们也吸引了过来。

在博物咖啡馆表演博物脱口秀的同时，杨晔也走出去开展活动。如2013年冬天，他组织孩子们到北京天坛观察一种叫做“长耳鸮”的猫头鹰。在孩子们与大自然亲近时，当然是要开展他的“本职”工作——让孩子懂得更多爱。

在对猫头鹰的观察中，他们观察到：2013年冬天，天坛猫头鹰只有2只，而2012年，天坛管理人员记录到的是5只。早些年，有将近100只猫头鹰生活在天坛。

杨晔告诉孩子们：人类活动对鸟类的影响比较明显。他拿出一张猫头鹰折断了翅膀的图片说，这是春暖花开时，人们放风筝，有时候线断了就不管了。风筝线是很锋利的，猫头鹰又看不到，飞过去碰到就骨折了。

小朋友们听了，脸上便有悲戚之色，表情显得特别不好，纷纷说，“我们以后放风筝要是线断了，一定想办法把它们弄回来。”

除了猫头鹰，他冬天时也带孩子们去观看过十渡的黑鹳。“7·21暴雨”后，河滩挖深，划船方便了。但黑鹳是涉禽，蹚水的，水的深度到腰就活不了。它们没法儿待，只能往其他地方飞。

十渡原来是世界鸟类的重要保护湿地之一，因为它有世界1%以上的黑鹳。现在黑鹳走了，它们到了其他地方会过得好吗？孩子们的爱心也就被进一步调动起来了，并扩展着、伸延着。

除了“观鸟”，他还会让孩子们“赏蛇”“观蛙”。俗话说：见蛇不打三分罪。他告诉孩子们，虎不乱伤，蛇不乱咬。只要不侵犯蛇，蛇一般是不会咬人的。

说到青蛙，孩子们都会背诵“稻花香里说丰年，听取蛙声一片”的诗句，青蛙是温顺的，富有诗情画意的。但杨晔却让孩子们看到血蛙的图片。

一次，美国动物生态学家雅各布·米尔带领一支8人科学探险考察队，在巴西亚马逊河上游流域的原始热带雨林进行实地考察。当他们来到一个水塘边时，一位考察队员发现了两只特异的双色小青蛙，背部四分之三通红，如红漆似火焰；而四分之一背部、四肢及腹部呈紫灰色。两色界限分明，没有过渡色，这位考察队员将其命名为“血蛙”。

他好奇地伸手捕捉，猛然，一只血蛙跳到了他的手上，恶狠狠地咬了一口。人们惊呆了，青蛙也会咬人？！这位队员顿时眼前一黑，疼痛异常，待人们相救时，他已昏了过去，好不容易才抢救过来，眼睛却无法看见了。

后来研究发现，只因为环境污染，青蛙生活的水源中有害重金属含量增长迅速，热带森林中的水分蒸发快，有害重金属含量比重越来越大。而青蛙从产卵、蝌蚪、小青蛙到成蛙的发育过程比较特殊，容易受到外部环

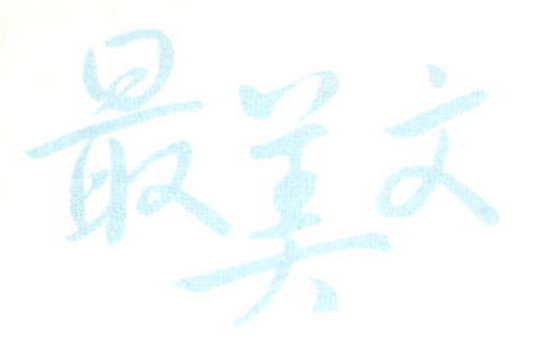

境的影响而发生变异。这样，普通的青蛙，就变成了人们见所未见、行为凶猛，甚或有毒的动物。

这个故事，让孩子们懂得保护环境的重要性，知道对动物的爱，也是对人类自己的爱。

在他的博物咖啡馆，通过“纪录片之夜”“YY 动物脱口秀”，以及“走出去”观察大自然认识的每一种动物都能让孩子们感受到并增进对世界的一份爱心。

杨晔还陆续开发了生物探索课系列、地球探索课系列、宇宙探索课系列、菜市场博物学系列等各类博物科普服务。他还和孩子们挖化石、挖水晶等，开展丰富多彩的博物探索。

如今，在北京雍和宫附近，杨晔的科普阵地“博物咖啡馆”正式营业了：枝藤缠绕的屋顶、遍布动物的壁画、色彩斑斓的水族缸、琳琅满目的博物图书，以及姿态各异的“萌”物货架……在人们流连忘返中，让人们懂得了什么是博物，更因此拥有了一颗博爱之心。

（原载《语文报》2015 年第 7 期）

每个人心中都有最柔软的一面，怎么样唤醒这些柔软，恐怕比呼吁大家保护环境保护生态更为重要。

第六辑

爱心孕育智慧花

道不完浓厚情，诉不完离别意，在匆匆的留恋与不舍中，我们不得不挥手再见。忘不了，白云湖畔领导和专家们精彩而又深刻的讲座；忘不了荷香渔庄的美味和大家祝酒共贺的欢乐；也忘不了白云湖上的快乐游玩和百脉泉里的“缘”字留念；更忘不了大家在一起时的开心畅谈和温情脉脉！

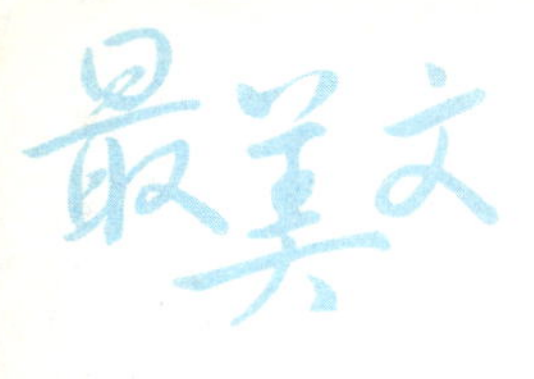

一只狗的遗愿清单

文 / 小佟探花

爱是理解的别名。

——泰戈尔

瑞娜和科比是加拿大哥伦比亚省的一对恋人。科比是一名救火车司机，每天奔波于城市乡村的火灾现场，有时候一连几天都不着家。因此，科比为不能经常陪伴在瑞娜身边而感到深深愧疚。

有一天，科比去远郊一个村庄救火时，村庄里一户人家的拳狮犬刚刚产下了一窝小狗崽。科比想到瑞娜一个人在家里非常孤单寂寞，于是他向那户人家抱养了一只小拳狮犬幼崽，送给了瑞娜。

瑞娜给这只小拳狮犬起了一个很好听的名字：罗密欧。瑞娜和科比都十分喜欢罗密欧，把它看做她们的儿子。而罗密欧也给瑞娜的孤寂生活带来了莫大的欢乐。

一晃儿，罗密欧与瑞娜在一起生活了 8 年，如今罗密欧身体日渐老迈，走路也一瘸一瘸的。有一天夜里，罗密欧嗷嗷不停地叫唤，瑞娜怎么安抚它都无济于事。

第二天，瑞娜焦急地带着罗密欧去动物医院看医生。经过检查，罗密欧被确诊患了骨癌晚期，只剩下 4 个月左右的生命。医生说，唯一的治疗方法是截肢，但罗密欧年纪太大了，它的身体根本承受不了这样一个大手术。

犹如晴天霹雳，瑞娜被震倒了，她抱着罗密欧的脑袋，用脸贴着它的脸，泪飞如雨。这么多年来，罗密欧一直陪伴在她身边，给她带来了不少欢乐，瑞娜早已视罗密欧为她最亲的亲人。而且有时候，罗密欧还是瑞娜与科比之间感情的黏合剂。有一次，瑞娜和科比吵了起来，一气之下，瑞娜跑出了家门想离家出走。对于瑞娜的离家出走，正在气头上的科比无动于衷，没有起身去追瑞娜回来。

这时，罗密欧汪汪地冲着科比狂吠，那意思是叫科比去追回瑞娜，看科比还没有起身去追的意思，罗密欧冲过去用嘴拉科比的裤脚，直往门口扯。科比气消了些，起身跑出去下楼追瑞娜，罗密欧也紧随其后。来到楼下，瑞娜正站在街角嘤嘤哭泣，科比上去一把抱住瑞娜，说："我们回家吧！"

瑞娜决定，在剩下的四个月里，和罗密欧一起做一些开心的事情，让罗密欧体验从未享受过的乐趣，带着幸福的回忆离去。

瑞娜为罗密欧制定一个多达 22 项的"遗愿清单"，遗愿内容从日常的"与爸爸在床上吃早餐""看一次落日"，到美好的"见一位名人""很棒的生日派对""去宠物救助站帮忙""相亲""美爪"，甚至有些疯狂的"开救火车""开警车""去美国"等。

瑞娜带罗密欧去的第一个地方是它的出生地，瑞娜把罗密欧装扮得像一个衣锦还乡的贵族绅士，穿着华丽的衣服，带着一副狗墨镜。在那个远郊村庄的农家里，瑞娜带罗密欧看它当年出生的狗房子，并钻到里边趴一下，感受一下母亲留存的气息，虽然它的母亲早已过世多年。

之后，瑞娜又带着罗密欧去拜访一位名人，这位名人叫 BifNaked，是一位传奇的战胜了心脏动脉瘤和乳腺癌的音乐人。在这之前，瑞娜写信给 BifNaked 要求去拜访她。BifNaked 被瑞娜的举动深深感动，答应了瑞娜和罗密欧的拜访。在 BifNaked 的家里，BifNaked 蹲下身子，亲昵地搂着罗密欧的脖子，鼓励罗密欧坚强起来战胜病魔。

2014 年 2 月 27 日，是罗密欧的 9 岁生日。瑞娜邀请了身边的很多好

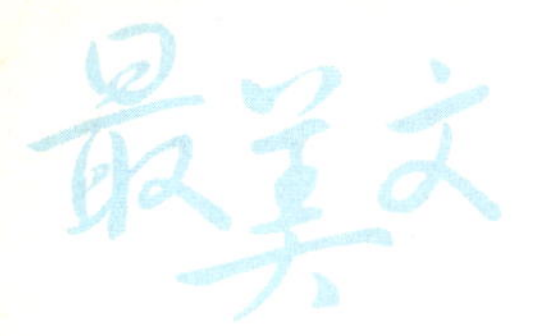

友，在一家大型温泉浴场给罗密欧举办了一个超棒的生日派对。罗密欧先是洗了一个惬意又舒服的温泉浴，然后戴着寿星的帽子，在一片热切的祝福声中，开心地吃起了瑞娜为它亲手烤制的生日蛋糕。

罗密欧特别喜欢鸣笛声，每次鸣笛声响起，它都会兴奋地叫起来，于是瑞娜和身为救火车司机的科比，一起带着罗密欧去开了一次救火车，让罗密欧亲自按下了救火车的鸣笛按钮……

瑞娜还把罗密欧的故事写在 Facebook 上，越来越多的人知道了罗密欧和它的遗愿清单，积极地帮它实现各种愿望。瑞娜还为罗密欧申请了一个单独的主页，在它的页面上，正在失去或者曾经失去爱宠的人们互相交流与安慰，让有同样遭遇的宠物主人们分享爱宠们的遗愿清单。

瑞娜按着开出的“遗愿清单”，逐一地实现了遗愿清单上的每一个愿望。2014 年 3 月 16 日，在罗密欧诊断出癌症的第 4 个月，在完成了遗愿清单上的每一个愿望之后，瑞娜实在不忍心看到罗密欧遭受病痛的折磨，终于做出一个令人心碎的决定——替他实行安乐死。

瑞娜流着泪，无比悲痛地说：“我不得不让它走，我们一起拥有那么多幸福的回忆，但是骨癌带来的疼痛实在让它难以忍受，为了让它继续活着而承受这些痛苦折磨并不公平。但我永远不会忘了罗密欧，它会一直在我心里，它就像是我的第一个孩子。”

一只狗的遗愿清单，充满了爱的细节，不仅感动了世人，更温暖了世界。

（原载《情感读本》（生命篇）2014 年第 10 期）

一只狗也会像人一样用爱对待，它是幸福的，它一定会感受得到吧。

灵魂的救赎

文 / 卓然客

只要人活着，罪恶就存在。

——蒙特

德国西南部，有一座小城名叫斯图亚特。

这里青山环绕，风景如画。古老的内卡河，宽阔而又宁静，蜿蜒着穿城而过。沿河两岸草木葱茏，一座又一座古老的哥特式建筑耸立在温暖的阳光下，显得美丽而又宁静。

1996年11月18日，是德国传统的“忏悔日”。小城的纳高拍卖行里，正在进行着一场慈善拍卖会，这次拍卖所得将全部捐献给二战受害国民众基金会。

拍卖会是一个当地二战老兵发起的，得到了周边三十多名二战老兵的响应。这些老人们，当年从柏林一路枪林弹雨打到莫斯科城下，据说沿途得了不少好东西。因此，这次拍卖会吸引了不少收藏家和企业家参加。

在众多竞拍者满含期待的目光中，第一件拍卖品登场了，是一幅名叫《灵魂的救赎》的画，作者约瑟夫。这幅画着墨浓烈色彩夸张。画面上乌云压顶，显得有些压抑。

在乌云中间，几架轰炸机若隐若现。被轰炸坍塌的街道上，一辆坦克正昂首前进。在坦克的左前方，一个少年，大半个身子已经被碎石和瓦砾掩埋，却仍倔强地仰着满是血污的脸。他的眼睛明亮又充满愤怒。

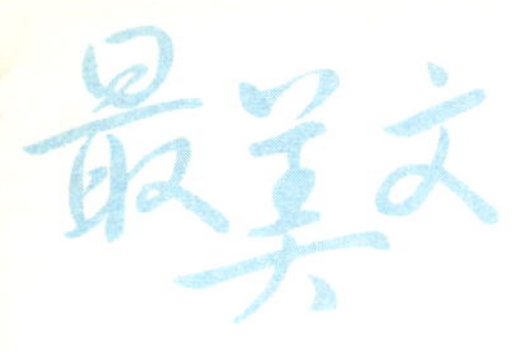

可以想象，只要这架坦克再往左偏一点点，这个少年就会被碾得粉身碎骨。

约瑟夫？没听说过这位画家啊。除了那位少年明亮又倔强的眼神有些特别，这幅画看着很普通啊，拍卖底价居然是20000美元。所有的竞拍者都有些纳闷，拍卖场上，出现了一阵小小的骚动。

主持人说话了："我知道大家心中的疑惑，这确实不是什么大家的作品，这只是一位退伍老兵的业余之作。之所以把它作为今天的第一件拍品，是因为这幅画的背后隐藏着一个动人的故事。下面有请本画的作者约瑟夫上校。"

约瑟夫上校已经很老了，头发花白而稀疏，腿也瘸了，但是背挺得很直，很有军人的气质。约瑟夫上校声音洪亮中气很足："各位尊敬的女士们先生们，这幅画确实不是什么精品之作，甚至还不如一个美院的青年学生画得好。但是，这画中的故事却是真实的。1941年11月，我所在的坦克第二集团军攻到了莫斯科城下。当时，我是一名坦克驾驶员，有一天傍晚，当空军进行了一轮轰炸之后，我们奉命向莫斯科城内进军。战斗进行得十分激烈，几乎每前进一步，都有我的战友倒下。忽然，我看到坦克的左前方有一位苏联少年，浑身血污，一半身体已经被掩埋在瓦砾堆里了。看到那位瘦小的少年，我忽然想到我的弟弟，我动了恻隐之心。我驾驶着坦克向右避去。然而，我旁边的另一辆坦克却无情地碾了过去。我正在为那位苏联少年感到难过时，突然"轰"的一声巨响，碾过去的那辆坦克被炸成了一堆废铁。爆炸产生的巨大热浪扑面而来，我几乎都能闻到自己头发被烤焦的味道。我这才明白，那个少年原来是苏联军队的敢死队员，他的身体下面捆绑着大量烈性炸药。我一时无心的善念，居然拯救了我自己。"

"这件事给我的触动很大：心中有善的人，往往拯救的不止别人，还有自己。虽然战争已经结束了很多年，但是我们这些老兵却常常受着良心的折磨，我们常常会梦到那些死在自己枪口下、刺刀下的年轻的生命；我们常常想到他们也有父母，也有妻儿；我们常在黑夜里被噩梦惊醒。所以，我希望在我的余生里还能为他们做些什么，以减少自己的罪孽。就在昨天，我把唯一的住房卖掉了，所得全部捐给了二战受害国民众基金会，这张是我的捐赠证明！我还有退休金，租公寓住足够了。我想说的是，昨天晚上我睡得很踏实，没有做噩梦。”

“我知道，你们有些人今天是来‘觅宝’的，可惜今天，我们要让你们失望了。在那些残酷的战争岁月里，我们这些老兵没有得到过什么宝贝，我们今天要拍卖的都只是一些普通的物件。但是，我真诚地希望你们能慷慨地伸出援助之手，为那些在二战中受到伤害的国家和人民献出自己的一份爱心，也为我们这些老兵们减少一些罪孽感。”

“最后我想说：当你把善施向别人的时候，也许就救赎了你自己！”

约瑟夫上校说完了，很庄严地给全场行了一个军礼。

后来的拍卖会进行得很顺利，这幅《灵魂的救赎》被一位银行家以八万美元的高价拍走。另外三十多件拍品，诸如老兵们的军刀、手枪、钢笔、手表和勋章，全都拍出了高价。

拍卖结束后，这三十多位头发花白的老兵集体站到了台上，朝着大家庄严地鞠了一个躬，有几个年轻的女士当场就流下了感动的泪水。

最后，我要说的是，这些老兵们用他们的整整后半生，一直在为二战受害国民众基金会奔走着，他们用自己的实际行动完成了对自己灵魂的救赎，他们让我再一次真切地感受到了一个朴素的真理：当你把善施向别人的时候，也许就救赎了你自己！

（原载《杂文选刊》（下半月）2014 年第 11 期）

是人性本恶吗？是每个人都有原罪吗？我不知道。可是我知道，多多行善，就可以抵消我们所犯的错。

悦读情缘

文 / 星船

朋友，可以把快乐加倍，把悲伤减半。

——马库斯·T. 西塞罗

缘是一种自然而神秘的心灵力量。我们因为共同的爱好走到一起，因为一些文字而引起共鸣；因为一种感觉而动人心弦；因为一次邂逅而难以忘怀；因为一次回眸而感慨万千。

在为期三天的悦读天下笔会中，始终洋溢着一种温情，一种感动，让我倍感温暖，感激万分。在参加笔会之前，我还在犹豫担心，我谁都不认识，会有人跟我说话吗？可到了之后，领导们的亲切关怀，文友们的爽朗热情，立刻驱走了我心头的阴霾，我们很快就融入到了一起。

大家谈天说地、博古通今、真诚沟通、亲切交流，让我大开了眼界，不仅增加了阅历，同时也结交了朋友，遇到了知音。每个人都很优秀，很出色，都有很多值得我学习的地方，这让我真切地感受到了“山外有山，人外有人。”在大家面前，我犹如一枚青涩的果子，需要吸取的营养太多、太多了。

文友告诉我，参加我们这个团队，非常的舒心、惬意。是的，我们的团队素质很高，很文明，很和谐，很团结，很友善，这种感觉在其他团体是找不到的。大家都团结友爱，相互帮助，领导们谦虚和蔼、平易近人，丝毫没有领导的架子。像许晨主席、江兆明老总、张鹏教授等都深入到大家当中，与大家亲切的沟通、交谈，还有杂志社的编辑们，像清雅姐、叶子姐、梦阳大哥、潘正伟大哥、程琨大哥、靳文明大哥等所有的编辑们都给大家送去了无微不至的关怀和照顾。文友们之间更是相互关心、相互爱护，整场笔会融入到暖暖的亲情当中。

在白云湖上划船时，我与清雅姐和张永宏大哥是一组。“四面荷花三面柳，一城山色半城湖”。真是船在湖中行，人在画中游啊！我们边划边谈笑，看着波光粼粼的水面，沐着凉爽清新的海风，我们深情地唱起了《让我们荡起双桨》和《大海啊，故乡》等歌曲，开心的笑声和愉快的歌声随着湖面泛起的条条波纹飘浮游荡，游向湖的深处，飘向海天相连的远方。

我 9 岁的儿子拿着昨天从大明湖买的大水枪，在湖中尽情地玩着，突然一不小心，水枪掉进了湖里，我们都“啊”的一声叹息。这时，只见张永宏大哥从船前头弯腰伸胳膊去捞，他探着身子，身体弯成了弓形，我不由得为他捏了一把汗，赶紧上前扶住张老师，让他别捞了。就在这时，他成功了。“捞上来了！”我们都兴奋地欢呼起来。

在游览百脉泉时，我儿子被美丽的景色吸引着，跑来跑去，不时有文友给予帮助和关照。潘正伟大哥和叶子姐还特意叮嘱我好几次，宁可自己不玩，也一定要把孩子看好了。我被一种感动的情绪萦绕着，这让我深切地感觉到，这真是水美，人美，情更美啊！

“有缘千里来相会”。有人说，缘分是前世修来的，是五百次回眸的执着才换来今生的擦肩而过，是千年不变的守候才有了今生的默默相守。在参观游览时我们抓住很多景点合影留念，尤其是在“缘”字前照相最多。

在婀娜的绿柳遮罩下的一面红墙上，有几个大大的黑色的凹体字，其中一个就是“缘”字。还记着程琨大哥跟前来合影的文友，在“缘”字的两边摆出一个手拉手的 pose，这样一个“缘”字，就恰到好处的站在两个有情人中间。好美啊！酒不醉人人自醉，有缘情深哪！我被这种“缘”字情怀深深地打动了。

缘分，是心有灵犀的一种感觉；是一见如故的一种倾向；是相见恨晚的一种心情；是上天安排的最美的际遇；是深深的牵挂和隐隐的怀念！

道不完浓厚情，诉不完离别意，在匆匆的留恋与不舍中，我们不得不挥手再见。忘不了，白云湖畔领导和专家们精彩而又深刻的讲座；忘不了荷香渔庄的美味和大家祝酒共贺的欢乐；也忘不了白云湖上的快乐游玩和百脉泉里的“缘”字留念；更忘不了大家在一起时的开心畅谈和温情脉脉！

悦读天下，让天下有缘人走到一起；悦读天下，让有缘人感动一生；悦读天下，我们期待着与您的再次重逢！

（原载《语文周报》2013 年第 34 期）

人和人的彼此靠近，无非就是有共同的东西。比如爱好，比如梦想，再比如相同的性情。是这些情怀让我们如此亲近，感谢生命中那些陪伴自己的人。

当好心长满了我的窗台

文 / 胡识

爱，可以创造奇迹，被摧毁的爱，一旦重新修建好，就会比原来更宏伟，更美，更顽强。

——莎士比亚

我曾不怎么相信这个世界会安排我和好人相遇，直到很多个故事发生在我身上，我才得以明白：当我们还没有失去那颗纯净的心时，人生路上一直都有善良的人陪在我们身旁。

当我躺在城市的天桥下饥肠辘辘时，他们会给我面包；当我在街头遭遇欺凌时，他们会给我臂膀；当我在便利店追一个女孩而犹疑徘徊时，他们会为我加油……

一

记得有一次我从外地回来，火车在途中遇了塌方，耽搁了四五个小时。凌晨两点多钟到站时，我头晕得实在厉害，就在火车站广场的角落里坐了下来。不久，我竟抱着一棵大树和钱包睡着了。

等我醒来，却发现我的钱包不见了，几片落叶躺在我的胯间，软绵绵的，像是遭了劫难。“不好，没有钱包，我哪有钱坐大巴回乡下？！”一想到这里，冷汗瞬间喷涌而出。

我围着大树，左三圈、右三圈，前瞻后仰、东找西找。装钱的包包倒没有看到，头上的包包却被撞出了不少。就在我要蹲下来抱头痛哭时，突然，一只手搭在了我的肩上，我反过头来，一位长得实在好看的姑娘张开着小嘴，微笑着说:“帅哥，你是不是丢了什么呀？”“是啊！我一大早醒来，钱包就不见了，真是倒霉得要死。”我委屈地对她说到。

“那它长什么样呢？”“深黄色！”听完，她立马把手伸进自己的挎包里，欣喜地对我说：“那就是这个了！”“对啊，对啊，就是这个。”钱包在我面前出现的那一刻，我差点就笑着扎进了她的怀里，幸好我这个人的自制力还不算差到了极点。

“昨晚，我看到小偷正准备对你的钱包下手，被我给叫住了。”她边说边把我的钱包交到我手上。

“啊？还有这事！那我的钱包没被偷走，怎么又在你这里啊？”我指了指她的挎包，很是疑惑。

“我看你当时睡得很熟，应该是在做美梦，怕惊醒你，就干脆先替你保管了。反正，我也是要白天离开火车站。”她捂着嘴笑呵呵地回答。

“哇，幸好有遇到你，你真的是太好啦。”我接连地向她说了好几声谢谢。“嗨，不用谢啦！我刚有点急事离开了一会儿，忘了把钱包还给你，差点还把你吓坏了，真不好意思。”她说话的声音很柔很甜，在清晨的第一缕阳光下，散发着迷人的香味。那真是我头一次亲鼻闻到的，我想我这辈子都不会忘记。

二

还有一次，我和波哥骑摩托车去城里，在途中遇上了大雨。那时，我们没有带任何一件雨具，车上载有衣服、电脑、书本、资料等贵重物品，我和波哥就赤着身子给它们挡雨。那是入秋时节了，刮风下雨还是挺冷的，我们整个身子怎么也不听使唤，颤抖得厉害。可冷也没有办法啊，谁让我们的摩托车开在了荒郊野外，距离市内还有六十多公里，周边连一个小小的角隅都没有。

当时，我真有种往自己身上砸拳的冲动，我好端端地放掉汽车不坐，体验什么摩托车会带来生活情趣。就在我要发脾气惩罚自己时，一辆摩托停在了我们身边："兄弟，没带雨衣，这怎么行？"我软弱无力地看着他，那是一个和波哥差不多年纪的男生，看起来挺炫、挺潮的。

"嗯，好冷啊！"波哥紧缩着脑袋。

他小声地"哦"了一下后，想也没多想，便一股脑儿地脱掉雨衣，仅从背包里掏出一把雨伞，塞给我们。

"这怎么行？"波哥推了推。

"没事，我喜欢下雨，不怕淋，我也就一个空背包而已，我看你们东西挺多的。"接着，他就帮我们打开雨伞，叫我们穿上雨衣。大雨大概持续了一刻钟的时间，我们彼此聊得很来。

他说，有一次他在这条路上骑摩托车没油了，顶着火辣的太阳推着车走了很久。就在他快要崩溃时，一个从此地路过的男生竟然骑着比他还要烂的车，一路上，边骑边用脚蹬着回去。

更有一次，他骑车出了车祸，脸蛋被刮花得不成样子，辞了职，在家养病。可不晓得是什么原因，某天，那个他曾在人生路上帮助过的少年竟找到了他家，买了很多水果看他，说如果没有他的那次帮助，自己早就死了。

他深情并茂地说着自己的经历，整个人露在雨中，分明没把大雨当一回儿事。我知道，那肯定是感恩、感动的力量在噼里啪啦地往下落。

三

我知道，人生的冬天很快就要过去，所以每年春天我都会把一颗颗精心挑选出的种子埋在花盆里，放在窗台上，等待暖阳和冰花一样的雨走过。夏天，它们就会开出花来。秋天，我的仓廪满满的，一个紧挨着一个，很可爱，很有力量。

（原载《语文报》2013年第21期）

我们难免被人算计，或者出一些小的状况。可是不得不说，世界上真的还是好人多。那些小小的善意的举动，都可以让我们忘了世界的冰冷，这世界永远是暖的。

葛藤依依，千丝万缕

文 / 商艳燕

春蚕到死丝方尽，蜡炬成灰泪始干。

——李商隐

常常会想念一个女子。

20 年岁月如风消逝，自己的面庞已然不再有青春的颜色，作为一个女孩子的年纪仿佛隔了万水千山般遥远，不会再为赋新词强说愁，不会再有无言独上西楼的萧索。那样的年纪原本应该无忧无虑，可是却没有生长出年少轻狂的花朵。很少将回忆触碰那曾迷茫惶恐的年纪，原本应该装满欢声笑语的行程里，因为有太多黯淡而难以欢喜地回首来面对。

可是，在那暗暗的如灰尘般散去的日子里，始终是有一抹微光决然地闪着光辉，她曾轻抚过我自卑敏感的脆弱，她曾悲悯叹息过我的聪慧，她曾于那五十多个别无二致的孩子中，缓缓地向我散出温暖，带我从心灵的迷失里找到现在的方向。

无论如何想象不出她今时的模样，不愿意将 20 年的风霜刻画在她的面庞上，不愿意想象她鬓边也会染上白雪的沧桑，在我已越过她当年青春风采的年纪后，她却从不曾老去。

总是会想念那些清晨，她抱着厚厚的一摞书本，微笑着走向我们，细密的阳光洒满教室的每一个角落，像她的笑容，温婉美丽地照耀着每一个孩子的心。

我们在上初中，她刚刚大学毕业，二十多岁，不是我们的班主任，她教语文。我们都不喜欢语文课，因为总是朗读背诵分段概括这些枯燥的事情，我们也不喜欢写作文，每次作文都像在应付差事，孩子们的心事怎么会写到作文里去呢，没有人肯听我们的真话。

可是我们喜欢她，她总是面带笑意，然而也会板起面孔，她那么年轻，但就连最调皮的孩子都不会在她的课堂上捣乱。分段、总结、概括每次都是一样的，我们总是给足面子地听着，因为她常常会跳开教案，跟我们慢慢地讲那故事之外的事情，听着听着一节课就结束了。

那天要讲一篇议论文，正值炎炎的夏日，是个下午，有的孩子已经趴在桌子上表现出恹恹欲睡的态度。她让我们翻开那一课，明显地看到了孩子们的厌倦，忽然叹口气，以无限难过的表情说道：同学们，我知道你们都不喜欢这一课，唉，我也不喜欢，可是我是老师，无论如何也要讲，咱们就讲得快一点，让烦恼早点过去吧。

哈哈，这一下子，所有的同学都笑了起来，因为老师多像孩子，她能准确地知道我们内心的苦闷，她替我们表达了对枯燥的不满。那样的文章我们都不喜欢，可是我们愿意忍耐着，听老师讲完，像做任务一样。她果然用飞快的速度讲了下去，好像是一个女孩子在生气却又不得不负责任地去完成工作一样，没有任何感情地帮我们解决了一个烦恼。可是那堂课，每一个想睡觉的孩子都在认真地听。

所以我们更喜欢每一个她来班里的早自习，早自习上她从不讲课本里的内容，不会说你们要预习或者复习，她不，她只按照自己的喜欢，仿佛那是她终于能够任性地讲自己喜欢的东西的时刻。

她说，你们每个人准备一个笔记本，来跟着我学些别的东西。

于是，每次便是一首诗或者一首词，她写在黑板上我们抄下来，跟着她一遍遍朗朗地读。就是在那些时光里，我们的内心才终于开启了一道温柔的光。原来，还有那么多美好的东西藏在我们不知道的地方，原来文字可以散发出如此迷人的魅力，原来会有那么优美的句子一直在等待着我们去品味。

年少时的忧伤就像被现实熨平的抹布，热气腾腾却又总是感觉到苦涩冰凉。她来了，如那前世温热的一壶茶，在崖边接住了我们的青春。她说：这是我唯一能够做的指引。

我认真地做着笔记，感觉每一个句子都泛着我无比的热爱。灰暗忧郁的童年结束了，另一种奇异的情怀涌上来，说不清道不明，封闭的内心忽然就这样被掀开了一角，季节的感伤便渗透进来。

10 年后，20 年后，我常常于文字的自由中想念那些时光，是她，轻轻地挽住一个少女的孤单，将她引领进文学的殿堂，而这份真实的感激也许她从来都没有想到。

那时的自己并不出众，沉默寡言，连笑容都是浅浅的，朋友很少，不喜欢与老师接近，也从未被谁真正地关注过。

我从不想得到谁太多的抚慰，情愿一个人孤单地成长。可是那次考试结束后的一次课堂提问，她却叫起了我说："你看看，五十多个学生，你的排名在前十名，你是多么优秀啊！"

我却惭愧得很，自卑仿佛是天生的夙命，像任什么也弥补不了的伤痕一样，也许是从小得到父母的关注太少，我永远也不能自信起来。可是，那一刻我体会到老师是喜爱我的，她对我总是漫不经心的学习态度是有些焦急的。是的，我从来不举手回答问题，从来不向老师请教额外的事情，从来不活泼，一点儿都不像个青春飞扬的少女，她一定是看在了眼里。

我只是喜欢读书，读一些无用的书，我按时完成老师留下的所有作业，却绝不肯再多下一点儿功夫，我只是找来小说、散文、诗，废寝忘食地读。除了读，我便一无所长了。哪怕上体育课都一动不动，所以体育老师说："一到体育课，你就站在操场边上，一副若有所思的模样。""你要多运动，你不运动你就会变笨，你成绩怎么样啊？”一样一样问下来，他叹口气说，不运动也罢了。

我依然用沉默来持续着自己的孤独，我以为我一定是遗忘在世间的尘埃。可是那一日，发下来的笔记本上，她用大红的字，仿佛是带着恨铁不成钢的痛一般，重重地写道：你在向着深渊走去。

深渊，我望着那两个字良久，小小的内心里有着丝丝的疼，我知道，老师是多么懂我。她一直望到了我深藏着的悲哀里，她知道我是不用心地在成长，她知道我原本应该做得更好，可是我不肯。

这样的悲悯，是一个老师对孩子最痛的怜惜，可是我不肯珍惜，也不肯回头。我总是沉浸在自己营造的苦楚里，自我麻醉，自我哀伤，我陷得太深，所以不肯迎着老师的光线，健康地长大。

可是，那细微的关怀，我却始终都是铭记的。18 岁高中毕业后，我不愿意再去忍受枯燥的学习，以为工作会有些许的自由，然而只是在泥泞中慢慢煎熬，青春耗费殆尽，才知道有多少时光容不得这样的蹉跎，也终于像老师当年一样，心慢慢地疼了。她是看到了很远的我，知道我是终将会为自己的懒惰付出代价。

也幸好，曾在人生之初遇到这样的老师，那些唐诗宋词的清晨，早已浸润了我一生的文学情怀。若不是她将我们带进那所殿堂，想必我的路将走得更为崎岖，或者会与文字失之交臂。在我文字的长路上，她是第一个帮我的人。

而在很多年后，也终于读懂了她所有的宽容与悲悯，开始试着用体谅的心理解童年的一切，也读懂了被自己无限放大的苦难原来根本不值一提。而在所有的怀念里，我总希望用自己的心，真真切切地为她写一些文字，哪怕她看不到，哪怕她早已忘记了我。

总是会想念那些清晨和下课的间隙，我坐在第一排，离她很近很近，看她在一字一字地描画着什么，带着孩子不谙世事的好奇，我站在她身边观看，那是她的名字“葛依”。

在诗经中有这样的句子:“葛之覃兮，施于中谷，维叶萋萋，黄鸟于飞，集于灌木，其名喈喈。”葛藤长得长又长，漫山遍谷都有它，藤叶茂密又繁盛，黄鹂上下在飞翔，飞落栖息灌木上，鸣叫婉转声清丽。

我想，老师就是那葛藤，如读经般曼妙依依，轻灵而又飘逸，美好而又绝尘，虽在尘世游走，内心坚韧却脱不开诗经里的辗转、宋词里的优雅。

这 20 年，她的桃李定是满了天下，不知她可还会想起初登讲台的年代，在那无数飞逝着老去的容颜里，有一个平凡的女孩子，一直在心底珍藏着她青春的模样。她不是春雨，可是她滋润了整个季节，她不是清风，可是她吹皱了一池春水。想念或者纪念，是我对她再难倾诉的感激。

（原载《新青年》2014 年第 8 期）

师恩难忘。那些年曾经出现在我生命中的老师，都已经老了吧，可是他们的样子我却一直记着。

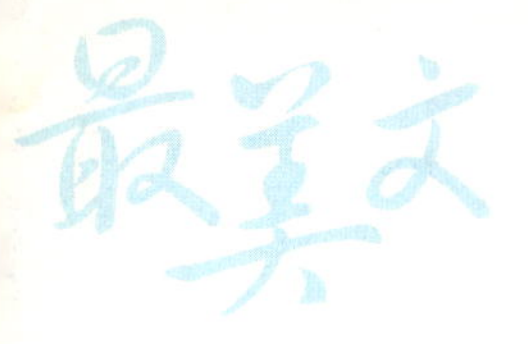

爱心孕育智慧花

文 / 徐伟

只要还有能力帮助别人，就没有权利袖手旁观。

——罗曼·罗兰

8 月的一天早上，美国纽约软件开发商帕特里克去上班。途经曼哈顿公园时，他看到公园门口的石凳上，坐着一个捧书看的黑人青年。帕特里克愣住了，这个人他知道，是个流浪汉，在公园逗留一个多月了。

之所以引起他的注意，是因为这个流浪汉与众不同：尽管居无定所，但他看起来蛮讲究的，每天穿着整洁的衣服，头发一丝不乱；在垃圾箱捡废品后，总是仔细地把周围收拾干净；偶尔乞讨，有人捐了钱，他会很恭敬地行个礼，然后礼貌地说声："谢谢，祝您好运！"

想到他的身份，看着他手里的书，帕特里克不禁心生怜悯。看了眼手表，时间来得及，帕特里克便走上前去和流浪汉攀谈起来。

流浪汉名叫利奥，曾就职于美国一家保险公司，过着优裕的生活。2011 年失业后，被高档公寓社区驱逐出去。起初，他租房住，但一直没找到工作，交不起房租后，便过起流离失所的生活。一个多月前，利奥来到曼哈顿公园，见这里环境优雅，就留了下来。

这些天，他的生活基本是这样的：除了偶尔乞讨，他还在附近捡废品，大把时间用来看书。夜晚，花香伴他入眠；清晨，鸟儿将他唤醒。他觉得，这是流浪以来最幸福的生活状态。

听完利奥的叙述，帕特里克感到，他人很聪明，口才好，说话逻辑性很强，还喜欢学习，想要帮助他。

第二天早上，帕特里克来到曼哈顿公园，找到利奥说：“我要帮助你，有两种方式，你自己选：第一，给你 100 美元；第二，这个包里有笔记本电脑、编码书，以及每天的编码课程，我教你学编码。”帕特里克话音未落，利奥便迫不及待地一把夺过他手中的书包，说：“先生，我选这个。”

帕特里克欣慰地笑了：“好，我给你半年时间学习，你不必出去工作，生活费我全包。”利奥听罢大喜，给他深深鞠了个躬，坚定地说：“先生，我一定不会让您失望！”与此同时，潜伏在心底的梦想像初升的太阳，倏地跃上了利奥的心海，照亮了他的生命。

没了生活负担，还有人资助学本事，利奥感到一切是那么美好。他丝毫不敢怠慢，他怕辜负好心人的期待，帕特里克前脚刚走，便立刻打开电脑学起来。

此后，每天早上叫醒利奥的，不是鸟鸣，而是梦想。天一亮，利奥就醒了，睁开眼睛就翻书看。就这样，除了吃饭睡觉，利奥都是埋头于书本和电脑中，甚至晚上光线暗了没法看书时，他脑子里都在思考如何编程。

帕特里克呢？每天早上上班前，他都会来给利奥上编码课，见利奥学得认真，他很高兴。利奥悟性很高，学习刻苦，不到半个月就学完了编码课程。帕特里克教得更起劲了，不仅早上来解答利奥的疑难，甚至下班了也跑来指点一二。功夫不负有心人，一个月后，是的，仅仅一个月的时间，利奥就研发出属于他自己的应用程序。

在产品发布会上，了解到利奥的身份后，人们惊呆了。有记者问：“编程是个辛苦活儿，可没有吃牛排、汉堡那么惬意。为什么帕特里克先生让你选择时，你不选择 100 美元？”

利奥回答：“100 美元的确可以让我过段快活的日子，但接下来呢？

还是乞讨、流浪？不，我不愿意要那样的生活！我被生活所逼，游走在梦想之外，帕特里克先生为我提供学习的机会，目的是想给我找到生活的出路，也是对我最大的尊重。我感谢他，我更要发奋图强，有尊严地活！我这么快做出成绩，就是想向我敬爱的帕特里克先生的爱心致敬！”

是啊，这世间，还有比成就别人梦想更华美的爱心吗？

（原载《语文周报》2013年第27期）

有梦想的人最苦恼的事情，就是努力很久都没有遇到赏识自己的人。如果帮别人实现梦想，那该是一件多么有功德的事啊。

善念相伴，花开似海

文 / 彼岸花香

真正的同情，在忧愁的时候，不在快乐的期间。

——冰心

他是扔到人堆儿里便很难找见的，极普通的人。可是，因为一句话，而且是一句谎话，他红了，红遍全国。其实他知道，他没干什么惊天地的大事，他只是以自己的善良，坚守了做人的底线。

那天，他像往常一样下班回家。在途经黄河北大街时，一辆疾驰而来的电动车，把他撞出老远。他感到自己像物体一样飞了起来，又像石头一样重重地落下来。他还没反应过来怎么回事，一个小伙子跑上来，一把将他扶起来，惊慌失措地问："大爷，您没事吧？我送您去医院啊！"

他这才明白，自己被撞了，眼前的人就是肇事者。"你咋骑这么快啊？"身体的疼痛袭来，他强忍着问，面露愠怒。"不好意思，对不起大爷！我亲戚住院，要做手术，我着急往医院赶。"小伙子一再道歉，解释。"哦，家里有病人啊，那你走吧。"他善解人意地说。

"大爷，不能让他走！你被撞得那么狠，得去医院检查检查啊！""下班时段还骑得那么快，没一点公德意识，让他出点'血'长长教训！""你那么大岁数了，检查检查吧，别有个好歹的就麻烦了。"他这才发现，现场已经围了很多人，大家七嘴八舌，无不谴责莽撞的肇事者。再看惹麻烦的小

伙子，正窘迫地望着他，紧张得直搓手。

他心下一软，说:“孩子，你走吧，我有医保。”他又对围观的人说:“谢谢大家关心，我没事儿，让他走吧，他赶时间呢，下次注意点就行了。”“急着走就掏500块钱吧，让大爷自己去医院。”“对！对！”围观的人纷纷赞同这个意见。“不用，不用！他家里人看病要花钱，我是沈飞干部，有医保，就让他走吧。”

围观的人散了，小伙子走了，他感到整条左腿麻麻的。他想了想，咬咬牙，决定奢侈一把，花钱去公共浴池泡个热水澡。一瘸一拐，好不容易到了地方，他脱下厚厚的棉裤才发现，左腿青了一大片，肿得好高。

放好衣裤，他急忙进屋跳进热水池，暖流袭来，舒服极了。泡了一个多小时，他感觉好多了，这才洗了全身，擦干，穿衣回家。

他的家极其简陋，连件像样的家具都没有，看上去都有些年头了。唯一能看出模样的是一个小方桌，桌上摆着个大药盒子。这个盒子分量重着呢——他每月工资的三分之二都装了进去——他老伴病着，没工作没社保，常年吃药，全靠他那点工资。

见他回来了，老伴端来了晚餐：一小碗咸菜，一大碗米饭。五分钟没到，他解决了晚饭。坐了一会儿，他掏出烟口袋，拿出半张纸，撕了一条，捏了一些烟叶放到上面，卷好后悠然地吸起来。他的烟叶，二两十块钱，够他这样美美地享受一个月。

“今儿回这么晚，又装车去了？”老伴问。平时，为了补贴家用，他常常去做力工赚钱。“没，今天不小心摔了一跤。”他若无其事地说。“啊？咋样，没摔坏吧？”老伴急了。“能有啥事？咱这身子，铁打的一样，杠杠地！”他笑着说。“要不要去医院检查一下”老伴还是不放心。

“哪有那闲钱？有钱咱俩买肉包子吃，多解馋！”他一副毫不在乎的样子，笑嘻嘻说。“那，胳膊腿都不疼？”老伴仍有些担心。“你就放心吧！告诉你吧，今儿我去腐败了，花钱泡了热水澡，那家伙，老舒服了！还别说，花钱真不白花，能舒筋活血，全好了。”他得意地，美美地说。

没错，他根本不是什么沈飞干部。他只是个大半辈子出苦力，被迫买断工龄、然后四处打零工的工人，半年前才有了相对安稳的保安的工作。所以，他也没有医保，他是为安抚众人，帮小伙子脱身，才撒了个善意的谎。

他以为，这事做过了，也就过去了。没想到，三天后，全国各地各路媒体纷沓而至。他懵了“我只是做了自己该做的一点事，也没啥大不了的啊。”“为啥不趁机讹点钱？我这辈子从不坑人骗人，当然也不会讹人，这是我做人的底线。”“什么，好大爷？还是国家级的？哈哈，我成国宝大熊猫了！哈哈……”

他就这样火了，好事一件接一件等着他：他被所在物业破格提拔为保安班长；公司老总承诺，年终要重奖他；沈阳 463 医院中医科门诊为感谢他传递正能量，承诺为他提供今后的免费体检和医疗救治。

他没做什么惊天动地的大事，只是以自己善良的本份待人。但他撒下了弥足珍贵的善良的种子，善良能让这个世界芬芳美丽；善良是一种高贵的品质，更是一种习惯。善念相伴，花开似海。他——王福顺，以自己 60 年的修行，赢得了“中国好大爷”的美誉。

（原载《中外健康文摘》（B 版）2014 年第 4 期）

一个经常撒谎的人，品德是有问题的，可是如果一个人经常撒善意的谎言，却是至善的。爱就是这样微妙，瞬间把人分个三六九等。

“唐僧肉”缘何热卖

文/彼岸花香

有的人觉得能够舍身，能够用牺牲来对人类表示深切而毫无私心的同情，是一种快乐。

——罗曼·罗兰

在西安商洛市区文卫路的商业街上，卖水果的店铺很多。但近两个月以来，其他店“门前冷落鞍马稀”，一家挂着“唐僧柚水果屋”店牌的水果店则门庭若市，需排队购买。莫非“唐僧”二字抓人眼球？这么新颖别致的店名又是怎么取的呢？

说起这事儿，老板赖正波乐不可支：“歪打正着。”老板娘邱荣芝正色道：“日行一善，财神撞头。”

夫妇二人来自四川德阳，是地地道道的农民，家里种了三亩地的柚子，年产五千多千克。每到柚子收获时节，他们就开车来商洛卖柚子，一天能卖三四百斤。

如今，物价上涨，孩子一年大似一年，花销多了起来。他们本打算今年收购些邻家的柚子多挣些钱，怎奈竞争激烈，没敢贸然进货。

两个月前的一天，赖正波、邱荣芝夫妇车前来了一个孩子，孩子对邱荣芝说：“阿姨，我没钱，我要买唐僧柚。”话音刚落，孩子“哇”地大声哭起来。邱荣芝被搞得丈二和尚摸不着头脑：他们俩都是热心肠，平常老人孩子来买柚子，往往打折销售，附近人都知道。这个孩子没钱，送他个柚子也没什么，但让她上哪去找唐僧柚？见孩子哭得伤心，顾不了那么多，她把孩子搂到身边哄。过了好一会儿，孩子才平静下来。邱荣芝细心询问了解到，这个6岁的孩子叫小文，父母早逝，他唯一的亲人爷爷得了癌症。

听班里同学说爷爷快死了，小文吓坏了，爷爷安慰他说："乖孙子别哭，西游记里不是说了吗，吃了唐僧 you（肉）能长生不老，爷爷吃了唐僧 you（肉）就好了。"就这样，小文出来买唐僧柚，可是跑了很多家店都没买到，有人还骂他是傻子，孩子感到很委屈。

邱荣芝明白了，老人想用善意的谎言安慰孙子，可孩子当真了。这可怎么办？她求助地望向丈夫，赖正波苦笑着摇了摇头。忽然，他一拍大腿："老婆，你不是会画画吗？在柚子上画个唐僧不就成唐僧柚了吗？"邱荣芝一听，乐了，挑了个大个柚子，拿出记账用的水笔画起来。

也就 20 分钟的样子，唐僧跃然柚子上。她递给小文："回去吧孩子，爷爷吃完就好了。"小文欣喜不已，抱着柚子回家了。闲来无事，邱荣芝又在柚子上画了唐僧的三个徒弟。顾客见了喜欢得不得了，很快被买走了。邱荣芝来了精神，没人的时候就画个不停。

让这对夫妇做梦也想不到的事发生了：一星期后，小文带着爷爷来感谢他们，因为吃了他们的唐僧柚，爷爷的病好了——癌症是误诊。小文爷爷真诚地感谢好心人带来的吉祥，并出主意，他们的柚子就叫唐僧柚，肯定能促进销售。

经小文爷爷宣传，整条街都知道了"唐僧柚"的故事。人们好奇邱荣芝的唐僧画，感动于她的善举，纷纷来买柚子。后来，晚报记者也知道了，专门对此做了报道。这无疑给赖正波、邱荣芝做了免费的广告，来的人更多了。

小文爷爷得知附近有个店面招租，介绍他们进驻，并送上"唐僧柚水果屋"牌匾。这样一来，小两口如鱼得水：赖正波回乡收购了许多柚子做主打，还进了其他水果，多种经营。邱荣芝买来签字笔和画笔专事绘画，她的柚子画经顾客需要，拓宽了范围：十二生肖、十二金钗、喜羊羊、米老鼠等动画形象都成了她笔下的内容。

善良的她没有水涨船高，画了画的柚子，还和原来一样三块钱一斤。这种买一送一，让顾客欢喜不已，往往两个三个地买，柚子销量大增。如今，赖正波和邱荣芝累并快乐着，因为他们水果店仅柚子销量就已是往年的两倍。

邱荣芝这个一天专业美术学堂都没进过的农家女，却也将各种形象画得栩栩如生、活灵活现，简直不可思议。或许正如她所言，“日行善事，财神撞头”！

天道酬善，爱心是最好的创意，善行是最给力的营销技巧。

（原载《幸福》（悦读）2014 年第 10 期）

有些创意是在爱中灵光一现的，有些财富，也是爱在无意间促成的。一个小小的举动，就可以让别人温暖起来，何乐而不为呢?

戏痴

文/李普

人生太短暂了，要多想办法，用极少的时间办更多的事情。

——爱迪生

她自幼痴迷戏曲。

十三岁的时候，父亲托了人，送她到县剧团学戏。先是在团里干杂活，跑龙套，三年后才慢慢演上有名有姓的角色。虽然大多是一些小配角，可她心里却有一个绚丽的梦想——希望有一天能成为众人喝彩的主角，摘取省戏曲界的白莲花奖。

那时，捧回白莲花奖是每个戏曲演员的梦。

她刻苦地学戏，但演艺市场越来越低迷，剧团不得不解散。同事们都另择行当，唯她放不下对戏曲的热爱，又辗转加入邻县戏班，依旧以唱戏为业。那些年，只要能登上舞台，她从不在乎场地大小，听众多少。哪怕是在最偏僻的乡村，她的一板一眼，一招一式，都还是一样细腻，情感饱满。

她向着小小的梦想不懈地努力，但常常又备感失落！因为别人的一声倒彩，因为希望的渺茫，她会失望叹息，甚至想到退缩；因为别人的一句夸赞，又会兴奋好久。一颗不淡定的心，就像吊在崖边的木桶，随风飘忽。

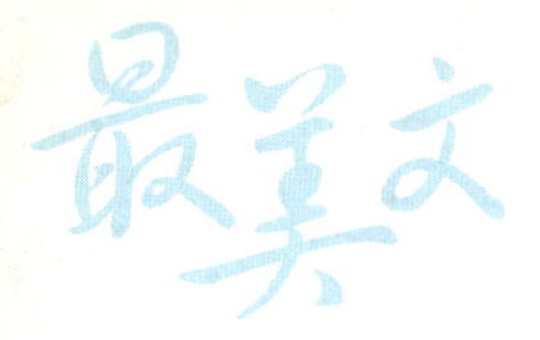

这让她感到很累！

第二年，省里举行戏曲大赛，她满怀希望地去参加。赛场上，过了初选，复选却被刷下来。初次失败的打击让她备受煎熬，心中翻来覆去地难受！

沮丧过后，她调整心态，更加刻苦地磨炼自己。一年四季，她始终活跃在舞台上。冬天，天寒地冻，她穿着单薄的戏服在舞台上唱戏，冻得脸色苍白，瑟瑟发抖；夏天，明亮的舞台灯光打在她身上，蚊蚋横飞，衣衫湿透。有好多人不理解，一个小演员，这样努力给谁看？

她听了，心里难过，但依旧用心提高唱腔、演技。

第四年，又逢大赛，她鼓足勇气去报名，没曾想，结果同两年前一样，她又一次铩羽而归。

坐在回乡的汽车上，她一路流泪。想想这些年的艰难跋涉，一次次的希望和失望；再想想如今两手空空，梦想遥不可及，她怀疑自己根本不适合这门行当。心灰意冷之下，她决定从此退出舞台，再不做梦。

她到家乡村办工厂做工，把对戏曲的牵念深埋在心底。

大约半年后，她有事情去邻县，在县城郊外的一处村庄，她迎面遇到一位老妇人。那妇人仔细打量她，然后走到她面前惊讶地问："你是不是唱戏的董彩云？"她点头称是。那妇人没来由地眼睛就红了，拉着她的手感慨说："你唱得真好，俺老伴最爱听。有时听说你来了，跑好几个村子撵着听你的戏。他头年里走了……临走还念叨着想听你的戏……"

夹带着湿雨的风轻轻吹过她的面颊，她握着老妇人的手，一时怔在那里，感动和意外就像那雨轻轻滋润她枯萎的心。她以为她的戏一无是处，她以为自己太过庸常，演戏快十年了，今天才第一次知道她会有如此挚爱她的戏迷。

哪怕只有一个这样的戏迷呢，也足以让她那颗充满怨怼的心释然。她这才明白，艺术的魅力不是你获得过多少奖，也不是你曾赢得了多少喝彩，而是你有没有走进人的心里，有没有给人们心灵的触动。把戏唱到观众心里，让他们喜欢，这样的褒奖又哪里比奖杯逊色呢？

原来，她所有的付出都值得。

她重新走上舞台，那些烦恼郁闷如被风吹散的浓雾，离她远去。她给捆绑太多功利的心松绑，心变得如辽远的碧蓝天空，单纯、轻盈。她在艺术的天地里飞翔，再没有对名望的渴求——只要能走进人心里就好。

这样平静的心态反倒让她在艺术的世界里进步神速。不久，她在县里唱出了名气，渐渐走上省里的舞台。

后来的后来，被人称做“艺术家”的她每当跟年轻演员说戏时，总会以自己的实际经历叮嘱她们：“放下浮躁的心态，踏踏实实走好每一步，别给飞翔的翅膀绑上太多名利的沙袋。翅膀上的重负多了，飞不高，也飞不远，最终还会把自己压垮。静下心来，摒弃浮躁，潜心钻研，生活一定会善待你。”

（原载《语文报》2013 年第 31 期）

每个人的生命都是一只小船，梦想是小船的风帆。很难说什么事情是办不到的，因为昨天的梦想，可以是今天的希望，并且还可以成为明天的现实。没有一颗心会因为追求梦想而受伤，当你真心想要某样东西时，整个宇宙都会联合起来帮你完成。

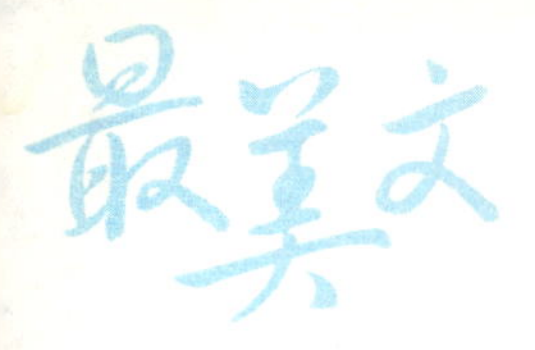

无法治愈的孤独

文 / 安宁

小孩用眼泪来命令，如不被接受就故意伤害自己；年轻的女人用自负心来虐待自己。

——司汤达

是秋天的傍晚，很凉，在阳台的灯光下坐着看书，突然传来一声小孩子撕心裂肺般的哭喊，反反复复的，只有一句话：妈妈不要我了！妈妈不要我了！

防盗门“砰“地一下关上，对面的楼道里，便有冰冷的高跟鞋的声音，咔咔地朝半空里去。那样的无情，只有在俗世之中，变得粗糙硬冷的一颗心才会生出。

那个绝望的小孩，依然在风里哭喊，可是没有人回应他的孤单。小区里的人，只当是一个孩子的任性、顽劣，觉得这样的冷淡，不过是对他的惩戒，所以便不足为奇。看了他一眼，便从他的身旁像凉风一样经过。

我知道小孩子的哭声，终究会在无人理睬中，渐渐消散下去，犹如一缕青烟，消散在静寂无声的暮色里。所以我也无需从窗口探出头去，看他怎样自己擦干了眼泪，在防盗门旁犹豫良久，终于还是抬起手来按下了自家的门铃。

这是无路可走的孩子，唯一可以去的地方。或许家中有父母的呵斥、责骂，或许单亲的母亲会拿他撒气，或许饭桌上只剩下残羹冷炙，可是他无钱可以流浪，除了回归并隐匿内心深处的孤独，他别无他法。

又想起另外一个小孩，跟母亲并肩行走时，不知是因了一句什么话，发生争吵。母亲愤怒之下，便破口大骂了他。他在众目睽睽中，没有争执，也没有放声大哭，而是突然停止了走路，无声无息地蹲下身去。

昏黄的路灯下，我看不见他的脸，不知道他是否有眼泪滑落下来。但我猜测，他是没有泪的。他的心里，一片冷寂悲伤，犹如苍茫大雪中一只寻不到方向的飞鸟，找不到温暖的家园。甚至，连一株可以憩息的枯枝也没有。

我走得很远了，还看到那个孩子蹲踞在水泥地上，孤独成一团黑色的影子。就像很多年前，因为被父亲责打，逃出家门，在荒野的草丛中站到露水打湿鞋子的我。

成人常常以为，不会有衣食忧惧的孩子，内心最为单纯快乐，所以孤单、绝望、无助、惶恐这样的词汇与他们毫不相干；不过是三句哄骗，两粒糖果，便可以将他们收买，重绽欢颜。可是，却无人能够懂得，当他们被成人冷落、打骂，甚至赶出家门之时，心内铺天盖地的忧伤，几乎可以将弱小到无力对抗世界的他们彻底地淹没。

成人可以用金钱、物欲、情爱来填补席卷而来的孤独，可是那些哭泣的小孩，却只能任由孤独裹挟着他，犹如一艘在大浪之中颠簸向前的小舟。只有心灵始终纯净不曾沾染尘埃的成人，方能在他们犹如小猫、小狗一样无助的眼神里读出他们内心的惶恐。

行走在人际疏离的城市之中，很少会遇到儿时在乡村里，大人当众责打孩子，被一群乡邻阻拦的热闹。更多的时候，这样的责打改在了隐秘的家中，不相往来的邻居或对面高楼上的陌客，只能透过窗户，听一听那个被家人孤立的小孩，嘤嘤的哭泣，或者绝望的嘶喊。

世界上最深的孤独，藏在一只流浪狗血流不止的伤口上，一头失去孩

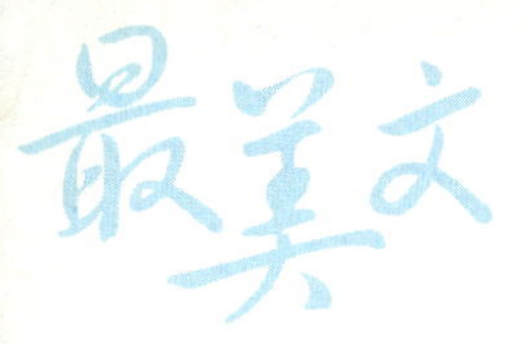

子的骆驼的凝视之中，一只被猎人捕获的野狼的惊惧里。还有，一个在城市里走失的孩子的惶恐中。

这样的孤独，隐匿在弱小的生命之中，除了时光给予它用来自我护佑的粗粝外壳，无人可以拯救，亦无药可以治愈。

（原载《青年文摘》（彩版）2009 年第 22 期）

有些伤害是一辈子的，那些看起来不以为意的举动，却在孩子的心中留下深深的烙印。那时的他们，是不是觉得，整个世界都嫌弃自己?

第七辑

为别人的黑夜留一盏灯

身处黑暗，最大的渴望就是一缕光明。为别人的黑夜点亮一盏灯，把别人的福祉看得跟自己的福祉一样重要，别人也会以同样的方式对待他人，光明便会在黑暗里散布、传播。

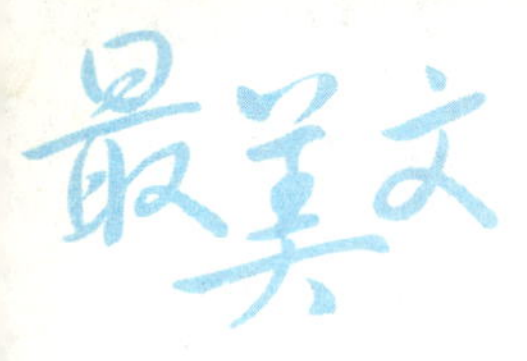

把左手给你，右手也给你

文 / 芳心

应该尊重彼此间的相互帮助，这在社会生活中是必不可少的。

——高尔基

她是我的 QQ 好友。

她在 QQ 上对我说：她是一个被父母宠大的女孩。在家里什么活都不干，饭来张口，衣来伸手。我说：一个女孩子可不能这样懒惰，将来会嫁不出去的。她说：不怕，如果遇到真心爱她的人，会包容她的一切缺点。我说：你真是个任性的女孩。

她说：在学校里，老师、同学们都很宠爱她，同桌会在上课前帮她把课本准备好，这还不算，上课的时候还要帮助她掀开作业本，把铅笔递给她。我说：你为什么不学着自立？她说：我愿意接受别人的帮助，接受别人的帮助我很快乐，别人也很快乐。

我说：你真是个恃宠而骄的女孩，离开了别人，你可怎么生活？她发过来一个大笑的表情，又发来一个害羞的表情。她说：她的身边满满都是爱她的人，才会把她宠得这般懒惰。我说：雄鹰不离开地面，永远飞不上蓝天，你不离开别人的帮助，永远学不会独立和坚强。

良久，她发过来一行字：是他们自愿把左手给我，把右手也给我的。我摇摇头，发过去一个微笑的表情。除了微笑，我还能再说什么呢？

好久不曾联系，我不喜欢跟这样一个游手好闲的女孩做朋友。

那天上 QQ，看到她的留言：今天我生日，十点左右，同学们会为我在网上过生日，到时候我会发照片给您。让您看看我什么样子，您愿意为我祝福吗？我回复：好！

马上到十点，端坐电脑前，等待为她祝福，虽然她不是我喜欢的女孩，但我还是愿意为她送上生日的祝福。

对话框中她的信息闪起来，我赶忙打开，是她，她发给我一张照片，是一个女孩大大的灿烂的笑脸，笑脸占据了整个画面："嗨，您好，谢谢阿姨专门守在电脑前为我祝福。您说得对，我一直是个任性的女孩，今天我 18 岁了，过了今天，我不会再任性了，我要像阿姨说的那样，做一个自强自立的女孩。"她的笑容是那样甜美，让我忘记了对她的讨厌。我在对话框里打下一行字：真诚祝你生日快乐！希望你的明天不会再是一味的依赖。

她谢过我之后，说出去和同学吃饭，便下线了。

又是长久的时间不联系。

那天我看她 QQ 空间有更新，就点了进去，空间里有一段视频，点开，我惊呆了：画面中的女孩正是照片上的她！她用脚指头夹着笔，在本子上写下一行行字，一道道题，甚至画下一幅幅画……

接下来是她上公交车的画面，小小的一段距离，却是她"登天"的障碍，她是那样矮小，以至于不能一抬腿就能跨到公交车上去。她使足了力气，终于上了公交车。那一刻，我有想为她鼓掌的冲动。

视频最后有一段话：如果你在街头遇到她，请别帮助她，因为她想成为一个独立自主的女孩！

我心潮澎湃，在视频下写下留言：如果在街头遇到你，我一定要帮你！

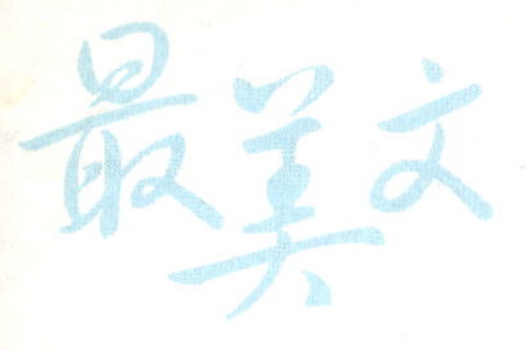

一定要帮你！我愿意帮你！我眼含热泪，郑重地敲下我的心声：我愿意和你的亲人、朋友、同学、老师一样，把左手给你，把右手也给你——这个天生没有双臂、身高不足一米的女孩！

（原载《中外文摘》2014 年第 19 期）

有些是人不幸的，身体残缺，行动不便。可是同时也是幸运的，有那么多好心的人愿意帮助她。感动我的，不是那些好心的人，感动我的，是她活得那么艰难还想要独立。

一辆旧轮椅的爱心之旅

文 / 小佟探花

心心相印的人，在悲哀之中必然会发出同情的共鸣。

——莎士比亚

晌午时分，“天南地北”QQ 群里出现了短暂的静谧。

突然，网友“河南雷哥”抛出了一条信息：有一位河南南阳的残疾朋友，她的轮椅坏掉了，已经躺在床上一周了，哪位朋友家里有不用的旧轮椅可以捐献？“河南雷哥”是一位重残人士，但他热爱公益，自建了一个公益网站。

就像一颗石子抛进了平静的湖面，QQ 群里立刻泛起了涟漪。

一会儿，网友“吐鲁番老姐”头像闪动：“我家倒是有一辆，八成新，是我曾经中风的公公去世后留下的，我可以捐献给那位残疾朋友。但是我家庭困难，出不起托运费。”

网友“广西闲人”立即接话：“从新疆吐鲁番托运到河南南阳，光托运费恐怕就够买一辆新轮椅了。”

群里出现了短暂的沉默，大家似乎在思索什么。

“不如我们来个轮椅运输接力吧？”网友“乌鲁木齐主妇”提议道。

“怎么个运输接力法？你说明白点。”立刻有人附和。

“大家一定都知道‘接力赛跑’吧？我们分段多人次把轮椅从吐鲁番运

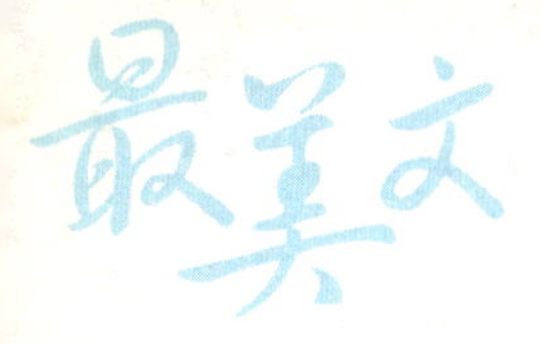

到河南，一路向东一棒一棒传递下去，直到把轮椅运送到河南那位朋友家中。”提议者解释。

“真是个好办法！”QQ 群里赞声一片。

“乌鲁木齐主妇”接着说：“我老公明天一早要去甘肃兰州送货，我们可以取道吐鲁番接过第一棒把轮椅带到兰州，大概 2 天后到达兰州，看看群里有没有兰州的朋友，愿意接着走下一程？”

“乌鲁木齐主妇”话音刚落，网友“兰州小马”立刻接过话茬：“我是兰州人，3 天后要去西安出差，我可以接过第二棒把轮椅带到西安。‘乌鲁木齐主妇’，一会儿我把我的电话号码发给你，你们到达兰州时给我打电话，我去接轮椅。”

群里的讨论顿时热烈起来，轮椅离目的地又近了一步，那位卧床的残疾朋友收到轮椅指日可待。可谁知道轮椅的运送接力在西安站卡了壳，尽管大家都在群里热情地呼唤下一棒：“有西安的网友接过爱心轮椅运送接力棒吗？”但是很长时间，没有人回应。

就在大家预感此次轮椅运送接力要失败的时候，晚上 9 点，网友“西安阿宝”上线回复：“抱歉，我白天没有在线，晚上上线时才看到大家发布的信息，深受感动。我们一家人正好准备开车去河南南阳探亲，我们可以接过第三棒把轮椅直接带到南阳。‘兰州小马’，我已经把我的电话号码发到你的 QQ 上了，你到达西安时可以给我打电话，我去取轮椅。”

网友“西安阿宝”又问：“‘河南雷哥’，你可以把那位残疾朋友的家庭地址告诉我吗？我们可以开车把轮椅直接送到她的家里。”

网友“河南雷哥”感激地回复：“谢谢‘西安阿宝’！那位残疾朋友的家不在市区，在一个镇，你初来乍到不熟悉道路，我再另找一位南阳当地的网友去你那里接轮椅，再送到那位残疾朋友家里吧……”

这时，一位自称是“南阳的哥”的网友立刻出来毛遂自荐：“南阳市辖区的各乡镇村屯我最熟悉了，就把这个光荣任务交给我吧！”

一周后，网友“河南雷哥”在群里发出一张照片，那位残疾朋友坐在爱心轮椅上，一脸开心的笑容。身后站着接过“轮椅接力”最后一棒的好心网友“南阳的哥”。

QQ 群里的爱心接力，一辆旧轮椅的爱心旅程，让我们真切地感受到了这世界无处不在的爱心。

（原载《语文周报》2015 年第 7 期）

爱心需要传递，才会发出更为耀眼的光芒。当爱心滚动起来的时候，社会就是一片温暖的海洋。

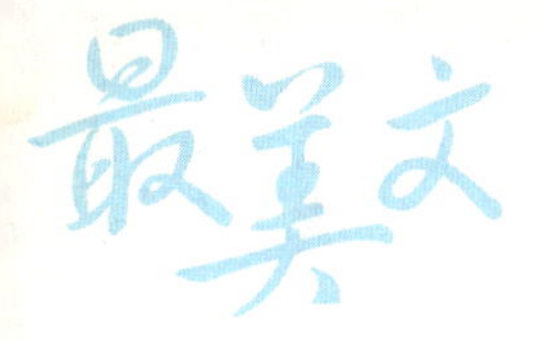

老根叔

文 / 崔永照

一个宽宏大量的人，他的爱心往往多于怨恨，他乐观愉快、豁达、忍让而不悲伤、消沉、焦躁、恼怒。

——穆尼尔 · 纳素夫

老根叔在村里辈分大，才五十五六岁，大半个疃家中的人都是他的晚辈。他农活把式高人一筹，不到 20 岁就当生产队长，没两下子谁服哩？他养了个好儿子，大学毕业分到北京，混得人模人样儿，才三十郎当岁，听说当上和县太爷一般大的官儿，老刘家祖坟冒烟儿哩！疃家中的人一提起刘二爷，哪个不竖大拇指头？

但是，这两年人们说起老根叔，背地都骂他财迷，说他天生是打钱眼儿里钻出来的。人这一辈子，有啥都好，就是别有权、别有钱，一有这两个玩意儿，好人都变坏人哩！

无风不起浪，疃家中的人也不是生着法儿说老根叔的不是，这人实在是舍命不舍财，叫财迷了心窍哩！

三年前，儿子把他老两口接到北京，不说住洋楼，也不说茅坑（厕所）在炕头，更不说顿顿拎着小酒壶，单说那大伙儿心里景仰的天安门，就在他的眼皮子底下！你见天溜达一趟天安门，瞧瞧那共和国开天辟地放礼炮、升国旗的地界儿，那心里恣儿得要上天，一准得活到九十九哩！

老根叔是天生出大力的命，过不了城里人那舒服的日子，没挨到仨月就跑回村里来了。人们问他咋回来了？他说待不惯，见天闲得浑身不自在哩！人们笑，说别人做梦都巴望的好日子，你却有福不会享哩！

他诡谲地笑笑，骑着驴（背着手）叼着小旱烟袋去山上陂里转悠去了，好像他又是当年的生产队长。有时候，坐在那地头上，望着那满地野草，眉心儿里拧起一个大疙瘩。

那时候，村里的青壮劳力都天南地北地打工去了，家家承包的土地都撂了荒。土里抠钱难，没出息，没人做那营生，他却打起这些撂荒地的主意。果然，他东家进，西家出，和人家合计那撂荒地的事儿。条件十分简单：你家没人手，地俺种，村里上缴的粮食俺缴，所有花费俺担，你啥心甭操，等有了人手，地仍归你。

这里头的好处谁心里都是明镜儿，老街古邻，一疃一庄，谁好意思？个个都一个音儿说："老根叔，亏你的一片心哩！"他说："撂荒白丢白瞎，丢上种就打粮食，土能生金哩！"他又去找村长，说了自个儿打的谱儿。村长说："你舒服饭不愿吃哩？"他说："啥也没有和土坷垃打交道这碗饭吃着舒服哩！"村长笑说："村民自治，只要不少缴村里的粮食，有多大能耐你就可劲儿使哩！"

第二年一开春，儿子先回一趟家，陪着老爹在山上陂里转悠。儿子刚走不几天，两台 45 马力的大拖拉机就开进村里。又过了几天，他聘用的四五十号人也进了村，他们先是放火烧荒，接着就是深翻土地，再接着就是播种了。

疃家中的人冷不丁醒了腔，大眼儿瞪着小眼儿，老根叔这爷儿俩原来是要当大老板，怪不得当爹的打北京城先跑回来，打的是村里这一大片撂荒地的主意，要学当年村里的大地主李家大院那派头儿哩！街面儿上出动静了，都说画龙画虎难画骨，知人知面不知心，闹了半天老根叔爷儿俩是借船出海，借鸡下蛋哩！那些把地交给老根叔种的人家，心里总觉着有点

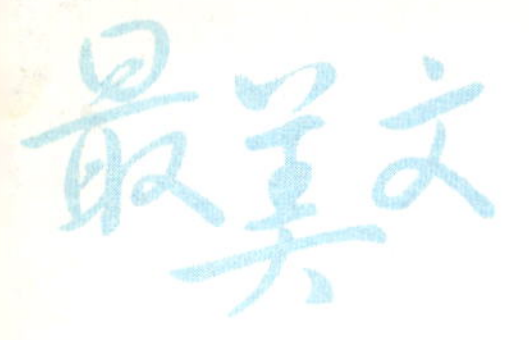

儿上当受骗的滋味儿。

老根叔不言声儿，就像啥也没有听见。头一年粮食丰收，该给各家向村里上缴的粮食一粒不少，他自个儿赚多少，街面儿上传的不一样，有说三十万斤，有说五十万斤，不管多少万斤，反正老根叔发了。有些人家打不着鹿也不让鹿吃草，就撺掇一些人家把地收回来。

这当口，村长出头了，他说土地撂荒本身就违反政策，有人替你种地，有人替你缴粮，天上掉馅饼哩！人们盘算着，也是这么个理儿，收地的事儿就不了了之。

第二年，老根叔的买卖做大了，庄稼杆做饲料，养猪养鸡养奶牛。儿子从北京请来专家，建起肉联厂，肉类食品出口日本东南亚。疃家中的人眼红了，特别是那些把地交给老根叔种的人家，非要收地不可，放着自个儿的财不发，为啥叫人家发哩？大伙一起哄，地就真的不给老根叔种了。

这年冬季天，风声传得不对劲儿，说钱紧了，不少买卖干不成了，打工的人都得回老家重操旧业，种地就是老本行。疃家中的人就像葵花盘儿着了霜，一下子耷拉头了。

村长又出面安慰老少爷们，他说老根叔说，土能生金，他心疼那些撂荒地，叫儿子帮他的忙，两年的光景，除了所有花费，他一共攒了一百万斤粮食，价值约计五十万元，办起了禽畜养殖业和肉联厂，置下一部分农用机械。他个人没留一分钱，统统交给村里，有老根叔创下的这个基础垫底儿，大伙就不愁二次创业哩！疃家中的人猛然醒了腔，脸上一阵红一阵白，都觉着错怪了老根叔。

过年的时候，疃家中的人成群结伙来老根叔家拜年，千错万错，一个悔字儿值钱，借着这正月，破解破解，你还是俺们大伙的老根叔哩！谁知，老根叔家大门锁着，人不见影儿了！有人吆喝，说老根叔一准生气了，上北京儿子那儿再也不回来哩！

这当口，正好村长走过来，立马接过那人的话茬儿，说老根叔才不是那号人哩！刚才俺打电话给他拜年，说起这事儿，叫他千万别往心里去，你猜他咋说？大伙大眼儿瞪着小眼儿，盼着村长的下文。村长笑着说，老根叔开春就回来，今年要建大棚，在经济作物上多下工夫哩！一疃一庄的，哪来那些讲究？俺从小偷李家爷爷的枣儿吃，叫他打了个腚瓜子；俺当兵那年，就是他送俺一程又一程，直到俺上了车，他还站在那儿朝俺招手哩！

人们的心里难过，个个眼圈儿都红了。

（原载《考试报》2014 年第 23 期）

我们总以为有些人有钱了就跟自己不一样了，总以为生活好了就忘本了，其实没有。有些人一直惦记着自己的本分，有些人却真的就变坏了。

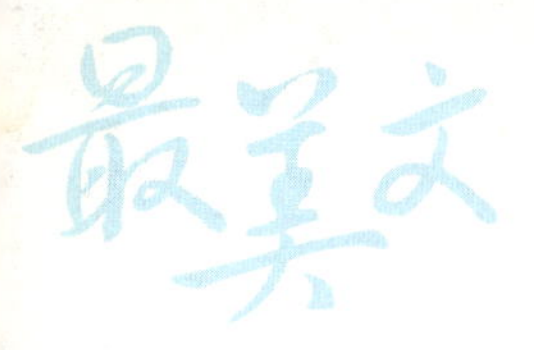

为别人的黑夜留一盏灯

文 / 一枚芳心

一个人的力量是很难应付生活中无边的苦难的。所以，自己需要别人帮助，自己也要帮助别人。

——茨威格

楼道里的灯坏掉了，每天早晨或者晚上，我只好拿着手电筒接送上下学的女儿。那天碰到邻居，她说：“这该死的灯咋说坏就坏了？昨天晚上我去上夜班，下楼时一脚踩空，摔倒了，你看，手都擦破了，还好没伤筋动骨。”我说：“是啊，这灯坏了，还真是个麻烦事。”

许多天过去，楼道里的灯依旧黑着，我们抱怨着、牢骚着，却没有一个人去真正关心这个事。

那天买菜回来，李婶叫住我：“家里电坏了，是不是得找物业的电工啊？”我说：“电坏了当然得找电工了，怎么？您家里停电了吗？”

李婶笑笑：“没有，我只是问问。”

第二天，看到李婶正和物业电工小王争吵，看到我，李婶不再争辩，敷衍着笑了一下，回家了。

去物业交水电费时，我又碰到李婶，她又在跟物业经理争吵。我过去劝她，她说：“没事，你忙你的吧。”我很奇怪，李婶这是怎么了？住邻居这么多年，从没见她和谁大声说过话。

晚上八点，照旧拿着手电筒下楼去接女儿。关门的一瞬间，楼道里的灯忽然亮了起来。嘿，这灯终于亮了！我关掉手电筒，无比轻快地下了楼。

日子又回到平常，清早或者晚上，除了有力的脚步声，几乎听不到抱怨声了。邻居来串门，与她说起楼道灯重新亮起来的事，邻居说："多亏了李婶，李婶对我们这么好，她儿女不在身边，以后我们要常去她家陪她聊天唠嗑。"

"谢李婶？"

"嗯，楼道里的灯是李婶花钱请电工来修的。"

原来，李婶看到楼道灯坏了没人修，眼见着上楼下楼的人磕磕碰碰的，就想着这样下去也不是个事儿，就主动找物业来修。物业说维修可以，但必须要给误工费什么的，李婶说"业主每月都交物业费，这点小事，你们就不能帮帮忙吗？"

拗不过物业，李婶又怕是自己找的事，再去找住家们收钱不好意思，就自己掏钱给了物业。

我的心升腾起缕缕感动，李婶常年住在储藏室，她是最不需要楼道灯的人，而她却为这事忙前跑后，费心尽力。

想起了曾经读过的一个故事：18 世纪初期，本杰明·富兰克林在费城经营一份报纸。他在看稿的时候，发现抢劫等暴力犯罪大半都发生在晚上城里黑暗的街道上，很少有人光天化日之下还胆大包天地攻击别人。

为了让身处的城市更安全，富兰克林向费城政府陈情，要求在最繁忙的街道上装设煤气街灯。政府拒绝了，当时的城市装设街灯的街道寥寥无几，而且耗资不小。

富兰克林自掏腰包在报社前装设了一盏路灯，又去求助当地的商人，请他们在自己的商店前装设路灯，但每一个人都拒绝了，说这样的花费完全没有道理。

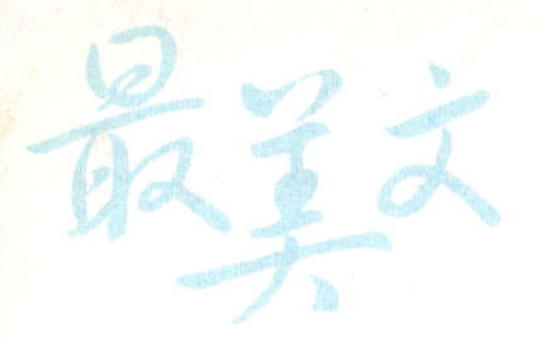

黑暗的夜晚，人们习惯到富兰克林那盏孤灯的光亮里聊天寒暄。后来，一名商店老板也在店门前装设了路灯，接着一个又一个的店家开始跟进。不久之后，路灯不再是可有可无的奢侈品，而是小区守望相助的必需品。最后，政府接管了这些路灯，并负责出资设置和维护。富兰克林望着报纸笑了，因为他报纸报道的犯罪案大大下降了。

富兰克林为费城的黑夜带来一盏路灯，他也得以住在安全的城里。

身处黑暗，最大的渴望就是一缕光明。为别人的黑夜点亮一盏灯，把别人的福祉看得跟自己的福祉一样重要，别人也会以同样的方式对待他人，光明便会在黑暗里散布、传播。

（原载《情感读本》（生命篇）2014 年第 12 期）

伸出你善良的手，为别人点亮一盏关爱的灯。如果每个人都把别人装在心里，那这个世界就温暖了。

你真的不用谢我

文/庐江布衣

爱是纯洁的，爱的内容里，不能有一点渣滓；爱是至善至诚的，爱的范围里，不能有丝毫私欲。

——卢莎公爵夫人

一个小女孩，才五六岁吧，在一次意外中，全身深度烫伤，好不容易才保住了一条命。但要想治愈，只怕要二三十万吧。镜头中，小女孩凄厉地叫着，浑身就像油炸的糍粑一样，咝咝地冒着黄水。她的妈妈抹着眼泪泣不成声。

新闻播出后，许多好心人都赶到医院，伸出了无私的援助之手。有一位女士，衣着朴素，面容干净，也不像被生活滋润的有钱人，却一下捐出了五千元。记者采访她时，她真诚地说："没什么，真的不算什么。这小女孩太可怜了，我要不知道也就罢了。既然知道了，如果不帮助一下，我良心会不安的。"

看着这则新闻，我心中软软的，一阵感动。"我良心会不安的。"多么朴实的话啊！不由得我想起一位恩师也说过类似的话。

上师范时，班主任姓肖。那时，我家里穷，除了吃点白粥和米饭，连买二角钱的素菜，对我来说都成了奢侈的享受。她知道后，每天放学就拉着我去她家吃晚饭。她两口子带个孩子，也不是很宽裕，却每晚都或鱼或肉地准备点荤菜。长年这样，我真觉得不好意思，但肚子一饿，又实在抗拒不了。

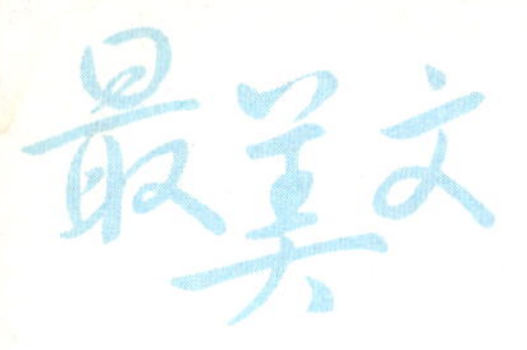

第二年，她的孩子上小学了，她于是有了一个名正言顺的理由，让我辅导她孩子的功课。其实，我懂，她是怕我难为情，才一年级，要什么家教啊？

就这样，我在她家吃了三年的晚饭。毕业时，我握着老师的手动情地说：“谢谢您，老师，我这一辈子都忘不了您。”她笑了：“你别放在心上，不过多放把米。谁碰上都会帮一把的。你其实不用谢我，真的！在我看来，这是我应该做的。”

这些年来，除了心里记挂着，过年过节发个短信问候一声，真谈不上什么报答。这让我常觉得心里愧疚。

我班上有个学生，父亲早逝，成绩优异。前几天，我送了他一套复习资料加两件衣物。晚自习时，他画了张贺卡给我，上面大大地写着“谢谢”。我对他说：“你真的不用谢我，这是我应该做的。”“不，老师，真的谢谢您。”他坚定而动情。

“你真的不用谢我。”我希望，这句话他能早一天听懂。人这一生，相处时间最长的不是父母妻儿，也不是亲戚朋友，而是自己，是自己与自己良心的静静对视。所有的法规、法律，与“良心”一比都俗不可耐。只有“良心”才是社会最初的本真，人类最美好的情怀。

有些事，只有做了，才能过了“良心”这道坎。就如肖老师于我，我于这名学生，对于接受者来说，固然该有着一颗感恩的心；但对于施予者而言，不过是一颗善良心灵的本能反应，不过就是应该做的，朴素自然得就如饿了就该吃饭，冷了就要添衣。

滚滚红尘，芸芸众生，很多时候，你真的不用谢我。

（原载《语文报》2014 年第 8 期）

很多时候，我们都是活在爱里，那些不用你感谢的人，不过是希望你可以承接这些爱，再去继续帮助需要帮助的人。

愿望

文 / 一帘风絮

爱之花开放的地方，生命便能欣欣向荣。

——梵高

一个偏僻的小山村，弯弯曲曲的小路上走来一个中年男人和一个中年女人。他们一路打听，终于找到了那个小女孩的家。女孩正在帮着姥姥挑拣从地里挖来的野菜，看到陌生人进了她家的院子，慌忙站起身，躲在姥姥身后。

姥姥站起身，说："你们这是……"

女人迎上去，握住姥姥的手说："可找到你们了，这孩子就是杜鹃吧？"姥姥一听，连忙把身后的杜鹃拉到身前来说："早听说你们要来，一直盼着呢！杜鹃，快，你城里的阿姨来看你了。"

女人伸出双臂，示意杜鹃到她的怀里来。杜鹃怯生生地走过去，轻轻偎依在女人的肩头，就像依偎在妈妈的怀里，眼神里绽放着纯真的幸福。

"哥哥呢？他怎么没有来看我？"杜鹃把头从女人的肩膀上拿开，一双水灵灵的眼睛望着女人。

"你哥，他……今天正好有事情，改天他忙完了，我一定让他来看你。"女人的眼里闪过一丝悲伤，但瞬间转成了笑容。

吃过晚饭，杜鹃写完作业就上床睡了，姥姥和女人坐在院子里说话。

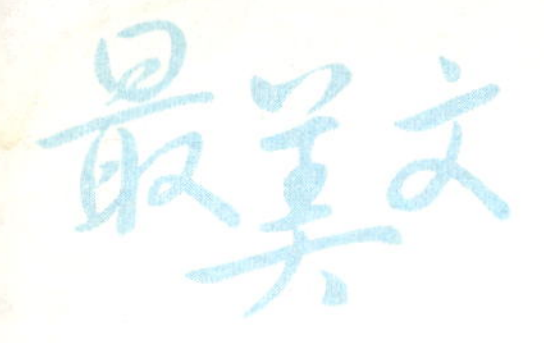

小村的夜晚很安静，连风都不好意思来打扰，天上的星星眨着清澈的眼睛，一闪一闪，亮晶晶的。月亮悄悄躲在树梢后，听女人和姥姥轻声细语却切切深情的谈话。

女人长舒了一口气，说：“这是我儿子的愿望。”姥姥握住女人的手说：“孩子，我知道白发人送黑发人是怎样的一种伤痛。杜鹃的爸妈出车祸那阵儿，我真是不想活了，可是看看杜鹃，那么小的孩子没了父母就够可怜的了，如果再没了我们，可就真成了风中草了。”

“嗯，不能让孩子看不到希望。”女人抽泣着说。

“我儿子说他与杜鹃的血样配型很符合，明天我们就带杜鹃进城做心脏移植手术，医生说我儿子撑不了几天了……”女人低低地哭泣起来。

那个草上满是清露的清晨，杜鹃一手拉着男人，一手拉着女人，沿着弯弯曲曲的环山路，走出了小山村。

儿子顽强支撑着自己的生命，在得知杜鹃已来到医院时，带着一丝微笑，永远地离开了他眷恋的父母，离开了他做义工三年间所帮助的小女孩杜鹃。

这个消息，女人没有告诉杜鹃，她不想让杜鹃幼小的心灵再一次接受沉重的打击。

杜鹃出院了，女人带着她回到了小山村，看着杜鹃阳光一样灿烂微笑的脸，女人心里的一块石头落了地，眼中含着泪花，笑了。

几天后，看到杜鹃恢复得很好，女人说要回城了。杜鹃扑进女人的怀里，依偎着抱紧，就像抱紧亲爱的妈妈一样。

杜鹃交给女人一封信，说让她坐上车时在车上看，女人微笑着点头。

打开信封：我知道哥哥的愿望，也知道哥哥和坏人搏斗，受了重伤，也许他就要去我爸妈去的那个遥远的地方。我那晚偷听了你和姥姥的谈话，我多么不想进城做手术啊，可是我心里也有一个愿望，我哭了好久，为了我的愿望，我决定跟你们进城做手术。我的愿望没有哥哥的愿望那么崇高，但是是真诚的。我想说，我的愿望就是做你们的女儿，照顾你们一辈子。

女人握着信，泪水再一次模糊了她的双眼。不同的是，这眼泪少了悲痛，多了几分润心的暖。

（原载《语文周报》2015 年第 27 期）

有些故事始终是温暖的，就像春雨滋润着我们的心田。这世界上最温情的东西，便是爱的表达。

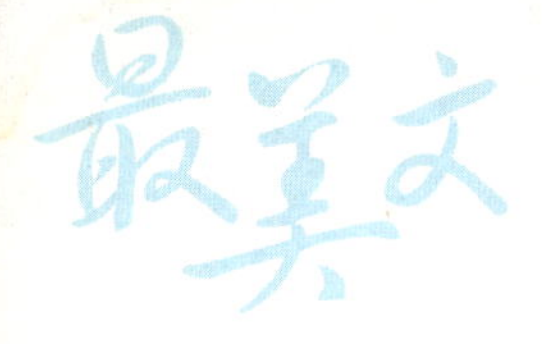

一朵花的灵魂

文 / 杨张光

爱是生命的火焰，没有它，一切将变成黑夜。

——罗曼·罗兰

天有些昏沉，下着小雨，城市像积涨着某种难以言喻的沉重一样，连生活在里面的人，呼吸都不敢尽力。

苏俊霞，这个名字我是听过的，并且深知有一个呼唤的声音来自这片土地，这是一片受难的土地。

雨一直干净地下着，没有变大，也没有变小。我跟随苏伟老师身后，向那个有声的远方走去，我越发地感觉到手中相机的沉重，我不知道自己是该护住被雨淋湿的相机，还是该停下来理顺自己的心情？只是偶尔遇到洼陷处，我注意到自己在积水中呈现的影子，随着滴下的雨击出的波痕变得毫无形状时，我才知道此刻将是我面对自己内心的时刻。

不到一会，面前迎来一位老人，半白的胡渣已显现了他苍老的年龄。他的眼睛很柔弱，但又很坚定，眼睛上面是一顶刚好适合头型的、微斜的鸭舌帽，他半屈着身子在那里等候着。我看到他柔弱的眼神注视到了我身旁的苏老师，仿佛意识到了什么。

“伟伟，是你啊！”老人皱下眉头，眯着眼说。

苏老师立即上前，抓住老人的手：“是我，您是俊霞的父亲吧？”

“对对，知道你要来，我特意等着，走走走，我带你们上去。”

老人一边紧紧抓住苏老师的手，一边低下头，掩饰眼底欲流的泪。

老人上前带路，走过小区一道没有看门人的铁门，来到一个黑暗得有些阴冷的楼梯口，最后上楼，看到一扇安静的半掩着的门，像是久候着归来的故人一样。我分明知道到我们的目的地已经到了，但我又潜意识地感觉到一种不愿意相信的矛盾与不安。我想象着会见到一个怎样的苏俊霞？一个怎样的独自背负痛苦与灾难的女人？更重要的是，我该以怎样的表情来面对即将要见到的这个人？

没待我想明白，眼前的门已经打开，一个不到 40 岁模样的女人出现在我们面前，红色毛衣上套着一件深紫色的马甲，一头被捋得光亮而向前弯曲的短发。她斜眯着眼，双手合实，靠门微倚，像是在等待。

“娃娃，伟伟来看你来了……”老人低下身子，侧头拖着深长的声音对女人说。还没等女人反应过来，苏老师便上前抓住她的手，说道：“苏俊霞你好，我是苏伟。”

“哦……哦，您好您好，不好意思，我知道您要来，我特意等着，但我看不清您。”女人的声音很细，细到简直听不清。

女人说着，连忙接过苏老师的手，紧紧不放。

“小杨，她就是我文章里的主人公，苏俊霞。”苏老师回过头镇重地对我说。

我走上前，伸过手，仔细注视着眼前的这个人。当我主动握到她的手时她才感知到我在向她问好，才连忙抓起我的手。我分明感觉到，她的双手如此小，但又如此有力。

我完全想象不到眼前的这个女人曾经经历过被抛弃，甚至被杀害的痛苦。她曾在这片土地上受难，在这个被她称作为故乡的地方忍辱负重，我无法理解这种命运被搁置在荒山的那种飘零得无能为力的感觉。那一刻，我不得不为我想到的这些感到浑身发冷。我紧抓住她的手，试图感知那颗历经了如此沧桑与沉沦后的残缺的心，触摸那种灯火将灭时仅存的微弱温度。然而，这一举动，在苏老师的几声问好下，女人突然抑制不住情绪，流出了眼泪。

“你们坐，坐。”老人为了缓解尴尬，立刻请我们来到客厅，开始为我们沏茶。

我看到客厅中央是一个茶几，茶几三方摆着一套老式的皮质沙发，沙发光秃没有坐垫，茶几一角也开始发黄老化。看得出，这是经常没有人来的缘故。由于没有多余的家具，干净整洁的陈列反而显得客厅极其空旷，客厅前面是一个套间阳台，隔墙的右手边是暖气管，左手边是一把印着心形的交椅。我知道，这套房子是女人与丈夫抗争后留下的唯一财产。

待我们坐上沙发，老人的茶也已经沏好，但女人依然只站在靠近门的沙发边沿，擦拭眼泪。

“坐，来坐，苏俊霞……”苏老师点上一支烟说到。

女人这才蠕动身子，一手扶上沙发的靠背，一手撑着茶几，左右颠跛地坐上我对面的沙发。

起初是苏老师跟老人聊天，他们说的是方言，我不大能听懂，但我分明能感受到他们所谈话题的沉重：如今的苏俊霞已经腿脚残疾，双目几乎失明，不但干不了活，连下楼都是困难，更重要的是还有一个10岁的女儿要抚养，还要对两位近70岁的老人要尽孝，我想不出任何关于老天摧残人到这种地步的理由。

当老人说到连暖气费都没法交时，女人再一次流出了眼泪，苏老师也愕然地灭掉了才点燃的烟头。

我听着这些半懂的谈话，我开始思考，当生命直面飘零的时候，我们到底能把握什么？爱情？友情？金钱？权利？似乎对我眼前的人都没有眷顾，留下的只有疾病、悲伤和痛苦。我想不明白，贫穷到底能让一片土地残缺到何种地步？当人性直面于惨淡现实的时候，丑陋的灵魂到底能肆无忌惮到何种程度？我都不得而知，我只能为眼前受难女人的无助感到悲伤，为这颗曾历经风霜苦难后仍然坚强的心表示尊敬。

谈话突然停止了，苏老师凝视着茶几一角，一丝不动，老人向女人递过纸巾，自己留下半张抹去眼角欲流未滴的浊泪。那一刻，我感觉到老人的泪映着半掩的窗角，闪出一道光，像利剑一般刺进了我的心。

我闭眼，深深地吸了口气，我明显地感觉到这间屋子里空气的重量，那种沉重夹杂着苦涩，夹杂着无奈，夹杂着生命的每一点不易和艰辛，这样的沉重足以让生活在里面的人窒息……

我放下手里的茶杯，抬头望向窗台，悄然发现窗台上放着一盆花，它是我熟悉的金边兰，花开得很艳，从窗台掉到地面，布满了整个窗沿，这让我仿佛看到了一朵花的灵魂。

我想，花本没有想开得艳丽的念想，它不过只是为了生命的延续而一直努力活着罢了，至于开出的如此绚丽的花，纯属它对生命的无限敬仰与坚持的馈赠。抑或者说不仅是花，人同样如此。

我回过头，再次注视着眼前的这个女人，昏暗的灯光让我的视线开始模糊，但我分明看到一朵近乎凋零的生命之花正在绽放，正在枯黄干涸的土地上突破、萌发……

（原载《语文报》2015年第33期）

人真的有可能随时成为新的自己，重新点亮自己的生命，继续发光发亮，继续给人力量。